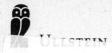

ÜBER DAS BUCH

Jost von Warberg kommt als Manager eines Touristikunternehmens nach Malta. Die Mittelmeerinsel stand nicht nur wiederholt im Brennpunkt der Weltgeschichte, sondern war zugleich Schauplatz turbulenter Ereignisse in der Warbergschen Familienchronik. Josts Großvater, Luftwaffenoffizier der Wehrmacht, war 1941 bei einem Geheimauftrag vor den Küsten Maltas ums Leben gekommen. Ein weiterer Vorfahre, der Malteserritter Fra Sebastian, hatte im 16. Jahrhundert die beiden maltesischen Inseln gegen die Invasionstruppen Suleiman des Prächtigen verteidigt. Als Jost anfängt, sich für die Details der Familiengeschichte zu interessieren und die Bekanntschaft einer verführerischen Frau macht, greifen die Schatten der Vergangenheit nach ihm. Eine mörderische Suche nach dem Maltagold beginnt ...

ÜBER DEN AUTOR

Jürgen Ebertowski, geboren 1949 in Berlin, studierte Japanologie und Sinologie. Er arbeitete als Deutschlehrer am Goethe-Institut in Tokio. 1982 kehrte er nach Berlin zurück, wo er an der Hochschule der Künste Bewegung und Kampfsport lehrte. Mitten im Herzen von Kreuzberg unterhält er eine Aikido-Schule. Jürgen Ebertowski gilt als einer der erfolgreichsten unter den deutschen Krimiautoren. Bei Ullstein erschienen bisher: »Berlin Oranienplatz«, »Esbeck und Mondrian« und »Kelim-Connection«.

Jürgen Ebertowski
Maltagold

Krimi

ULLSTEIN GELBE REIHE

Ullstein Buchverlage GmbH & Co. KG,
Berlin
Taschenbuchnummer: 24519

Originalausgabe
Dezember 1998

Umschlaggestaltung:
Vera Bauer
Photo: H. C. Adam
Alle Rechte vorbehalten

© 1998 by Ullstein Buchverlage
GmbH & Co. KG, Berlin
Printed in Germany 1998
Gesamtherstellung:
Ebner Ulm
ISBN 3 548 24519 6

Gedruckt auf alterungsbeständigem
Papier mit chlorfrei gebleichtem
Zellstoff

Die Deutsche Bibliothek –
CIP-Einheitsaufnahme

Ebertowski, Jürgen:
Maltagold :
Krimi / Jürgen Ebertowski.
– Orig.-Ausg. –
Berlin : Ullstein, 1998
ISBN 3-548-24519-6

Für Martha und Gustav Gysin
und Karlheinz Knöß

Herrlich kleidet sie euch, des Kreuzes furchtbare Rüstung,
Wenn ihr, Löwen der Schlacht, Akkon und Rhodus beschützt,
Durch die syrische Wüste den bangen Pilger geleitet
Und mit der Cherubim Schwert steht vor dem heiligen Grab.
Aber ein schönerer Schmuck umgibt euch die Schürze des
  Wärters,
Wenn ihr, Löwen der Schlacht, Söhne des edelsten Stamms,
Dient an der Kranken Bett, dem Lechzenden Labung bereitet
Und die niedrige Pflicht christlicher Milde vollbringt.
Religion des Kreuzes, nur du verknüpfst in einem Kranze,
Der Demut und Kraft doppelte Palme zugleich!

Friedrich Schiller, Die Johanniter

1

Es ist ein sanft gekrümmter Wallabschnitt, den der Mann mit gleichmäßigen Schritten abschreitet. An flachen Stellen der Brustwehr bleibt er hin und wieder stehen und lauscht in die Nacht. Dort, wo die Mauer metertief ins Dunkle stürzt, ist das Reich der August-Zikaden, kräftiger Tiere mit durchdringendem Zirpen. Gelegentlich ein Rascheln in Büschen und Sträuchern, und das geschulte Ohr des Mannes vermag zu erkennen, daß es bloß Wildkaninchen, *fenek* sind, die den Abhang unterhalb der Bastionen besiedeln und Abwechslung in den spärlichen Speiseplan der Zitadellenküche bringen. Vereinzelt auch durch Menschen verursachte Geräusche oder gedämpfte Stimmen, unverdächtig für den Wachenden, da innerhalb der Festung.

Neumond. Die Sicht ist mäßig. Wärmegewitter und Regen am Vortag haben die Luftfeuchtigkeit ansteigen lassen, so daß die niedrigeren Nachttemperaturen für den Mann kaum eine Erleichterung sind. Allein das langsame Patrouillieren auf der sonnengeladenen nächtlichen Mauer läßt ihn unbändig schwitzen, zumal er eine dicke Lederweste mit eingearbeiteten Metallplättchen trägt und ein massives Langschwert umgegurtet hat.

Der Wachtposten ist blond und hellhäutig und dennoch an die Witterungsverhältnisse dieser Weltgegend gewöhnt.

Zwei Männer, die er zu kennen scheint, nähern sich ihm von der Geschützplattform. Ihren Gesichtern ist selbst im Mondlicht anzusehen, daß sie ihr ganzes Leben auf Inseln verbracht haben, von wo man an klaren Tagen den Ätna sehen und Tunesien erahnen kann – ihnen klebt die Kleidung ebenfalls am Körper, als hätten sie gerade ein Tauchbad genommen.

Eine Glocke schlägt die dritte Nachtstunde.

Der rote Leinenüberwurf mit dem weißen, achteckigen Kreuz über der Panzerweste zeigt deutlich den Status des Mannes mit dem Langschwert: Nur Rechtsritter des Johanniterordens tragen dieses Gewand.

Auch die beiden Männer sind bewaffnet: der Herr mit einer silberbeschlagenen Steinschloßmuskete und einer Toledoklinge, der Diener mit eisernem Fechtstock und Schlachtermesser.

Herr und Ritter begrüßen sich. Der Diener bleibt stumm im Hintergrund. Eine Unterhaltung beginnt. Der Herr gestikuliert dabei nach Art der Levantiner, legt das prunkvolle Gewehr in eine Schießscharte und erklimmt, unterstützt von seinem Diener, die Brustwehr.

Oben auf dem Mauerkranz deutet er wiederholt nach Westen und redet dabei beständig auf den Ritter ein, bis dieser auch auf die Brustwehr klettert und sich neben ihn stellt.

Keiner hilft dem Diener beim Hochsteigen.

Der Wallteil, auf dem die drei sich befinden, ist von anderen Punkten der Festung nicht einsehbar, und auf dem Kirchturm ist um diese frühe Stunde niemand, der ihre Silhouetten erkennen könnte.

Der Diener tritt hinter den Ritter, schultert den Fechtstab wie ein Bauer einen Hackenstiel, während sein Herr erneut gen Westen zeigt: »Da hinten ist Sinam Pascha gelandet. Seinerzeit hat keiner vermocht, die Türken aufzuhalten.«

»Waren es viele?«

»Neunzehn Schiffe«, sagt der Herr und wischt sich mit einem Seidentuch den Schweiß aus dem Gesicht.

Es ist das verabredete Zeichen. Ein wohlgezielter Hieb mit dem Fechtstab, fast ansatzlos ausgeführt, und der Ritter, der sich nach Soldatenart auf den Schwertknauf gestützt hat, sackt zu Boden. Der dunkelhäutige Herr springt hinzu, um den fallenden Körper aufzufangen. Seine besondere Sorge gilt dem Schwert: Ein metallisches Scheppern auf der Mauerkrone würde die anderen Wachtposten zum Nachforschen veranlassen.

Die Hand des Herrn fährt am Halsausschnitt unter die gepanzerte Weste. »Wo verdammt? . . . Ah, da ist es ja!« Etwas verschwindet in seiner Gurttasche. »Los jetzt!«

Der Diener packt den Ritter an den Füßen, der Herr an den Armen. Sie heben die leblose Gestalt über den Rand der Brustwehr.

Es ist ein langer Abschnitt, den der Ritter bewachen sollte. Kein besonders gefährdeter, warum die Wachen auch weit auseinandergezogen postiert sind.

Niemand auf der Zitadelle registriert, daß kurz nachdem die dritte Nachtstunde angeschlagen wurde, die Zikaden am Fuße der Bastion ihren Gesang für einen Moment unterbrechen.

2

Zum Reich Karl V., »dem Reich, in dem die Sonne nie untergeht«, gehörten auch die kaum bevölkerten Inseln Malta, Gozo und Comino zwischen Sizilien und der nordafrikanischen Küste.

Seit dem Fall von Rhodos war der Orden des heiligen Johannes ein Orden ohne Land. Im Jahre 1524 bot Kaiser Karl den heimatlosen Rittern den maltesischen Archipel als Lehen an – gegen die symbolische Tributzahlung in Form eines Falken.

Die Inseln waren karg und steinig, nahezu baumlos, besaßen jedoch den größten natürlichen Hafen der Levante. Die Johanniter waren anfangs nur wenig begeistert, hatten sie doch das grüne, fruchtbare Rhodos noch allzugut in Erinnerung und akzeptierten das kaiserliche Angebot erst sechs Jahre später – der sturmgeschützte Hafen hatte schließlich den Ausschlag gegeben. Unverzüglich wurde damit begonnen, die vorhandenen spärlichen Festungen auszubauen oder zumindest zu verstärken.

Ernstzunehmende Hinweise, daß der alte Feind aus Rhodostagen, Suleiman der Prächtige, eine riesige Invasionsflotte ausrüstete, erreichten Großmeister Jean Parison de la Valette lange vor der berühmten Großen Belagerung von 1565. Die Hospitaliter, wie die Ritter mit dem weißen Kreuz auf rotem Grund auch genannt wurden, verfügten seit den Kreuzzügen über ein äußerst effektives Spionagenetz im gesamten Mittelmeerraum. Griechische Kaufleute aus Instanbul hatten schon Anfang der sechziger Jahre von den riesigen Vorrats- und Waffenlagern am Bosporus und der emsigen Bautätigkeit auf allen Werften des ottomanischen Imperiums berichtet.

Malta war gewarnt. Hilfegesuche ergingen an die christlichen Herrscher des Abendlands und an die über ganz Europa verstreuten Ordensbrüder.

Im Morgengrauen des 18. Mai 1565 erschien die türkische Armada vor der Nordwestküste der Hauptinsel und ankerte einen Tag später in der Bucht von Marsaxlokk, insgesamt 200 Schiffe.

Grob gerechnet betrug das militärische Kräfteverhältnis Malta/Hohe Pforte eins zu vier bis eins zu fünf.

Ende April 1565 traf ein Bote des deutschen Großpriors Adam von Schwalbach in der Kommende Rinburg der Ballei Hessen ein. Er überbrachte dem Kommendator Fra Sebastian von Warberg einen versiegelten Brief. Der Großprior forderte ihn auf, unverzüglich die restlichen Kontributionen der Ballei einzusammeln und nach Heitersheim, dem Hauptquartier der deutschen Johanniter, zu bringen, da der Angriff Suleimans auf Malta unmittelbar bevorstünde. Diese Kriegskasse mußte nach Sizilien geschafft werden, wo der spanische Vizekönig Don Garcia de Toledo begonnen hatte, ein Entlastungsheer für die Johanniter zu sammeln. Fra Sebastian machte sich mit einer Schar Berittener noch am gleichen Abend auf den Weg und erreichte eine Woche später den Sitz des Großpriors im Badischen.

Dort wurde der überwiegend aus Silber bestehende Schatz der besseren Transportfähigkeit wegen in Goldmünzen umgewechselt und in zwei ledergepolsterten Holzkisten verstaut.

Adam von Schwalbach war kein erklärter Freund des Spaniers. Er schärfte Fra Sebastian ein, dem Vizekönig das Gold nur dann auszuhändigen, wenn er sicher sei, daß der es ausschließlich zur Unterstützung Maltas verwenden würde. So er auch nur den geringsten Zweifel an der korrekten Verwendung der deutschen Kontribution seitens Don Garcias habe, sei es besser, den Schatz zu verwahren, bis er irgendwann wieder der Ordenskasse zugeführt werden könne.

Kommendator Fra Sebastian erhielt die Befehlsgewalt über zwei Ritter, acht Soldaten und drei Pferdeburschen und den Auftrag, »wichtige Dokumente« via Marseille nach Messina zu eskortieren.

Als der Trupp Heitersheim verließ, wußte nur er, welchen Inhalt die eisenbeschlagenen Kisten tatsächlich bargen.

Der Weg über die Alpenpässe verbot sich wegen der unsicheren politischen Lage in Oberitalien; man reiste durch Frankreich. Ein Küstensegler des Ordens lag im Hafen von Marseille und brachte Fra Sebastian und Begleitung nach Genua. Ab dort wurde die Reise bis zur Spitze Kalabriens wieder im Sattel fortgesetzt.

Die deutschen Ritter überschifften am 30. Juni von Reggio di Calabria nach Messina, zwei Tage, nachdem der »Piccolo Soccorso«, die »Kleine Verstärkung«, unter dem Kommando von Don Melchior de Robles, es knapp geschafft hatte, durch die noch lückenhaften türkischen Linien in die belagerte Festung zu schlüpfen.

Endlich in Sizilien, fand Fra Sebastian die Vorbehalte des deutschen Großpriors bestätigt. Die kurz vor ihm eingetroffenen Würzburger Ritter Hieronymus von und zu Eliz und S. von Panoutz berichteten wütend, daß der Vizekönig sich bislang keineswegs vor Anstrengung überschlagen habe, den Belagerten zu Hilfe zu eilen.

Fra Sebastian mußte jetzt eine gewichtige Entscheidung treffen, denn Söldner, die man von dem deutschen Geld noch hätte anwerben können, gab es weit und breit keine mehr, und ein sicheres Deponieren des Schatzes irgendwo in einem Kloster kam nicht in Frage. Gerüchte besagten, daß die Türken ihrerseits Störaktionen auf Sizilien planten.

Eingedenk Adam von Schwalbachs Anordnung, behielt Fra Sebastian also schweren Herzens die Goldmünzen in seiner Obhut.

Der Versuch Don Garcias, Malta zu entsetzen, fand am

25. August statt. Fra Sebastian von Warberg, seine Begleiter und die »Dokumentenkisten« wurden einer spanischen Galeere zugewiesen. Auf Grund des stürmischen Wetters scheiterte jedoch das Landeunternehmen an der Nordküste, und die gesamte Flotte mußte nach Sizilien zurückkehren.

Fra Sebastians Galeere lief vor Comino auf ein Riff, auf den berüchtigten Granit tal-Hut, den »Fischstein«und schlug leck. Sie erreichten mit Mühe den Fjord von Mgarr ix-Xini auf Gozo.

»Mgarr ix-Xini, das heißt Landeplatz für Galeeren«, sagte Fra Sebastian zu von Elitz.

»Strandungsplatz für Galeeren scheint mir richtiger«, sagte von Elitz. »Einem Venezianer wäre das nicht passiert!« – Sie liebten sie nicht, die Spanier.

Zwanzig maurische Rudersklaven, die vor Erschöpfung ohnmächtig geworden waren, ertranken beim Wassereinbruch, aber das war nicht weiter tragisch für den kastilischen Kapitän, weil es sich nur um schwarze Muslime handelte, die niemand ausgelöst hätte. Man warf die Toten vor Einlaufen in die schmale Bucht ohne viel Umstände über Bord.

Gozo, die nördlichste Insel des maltesischen Archipels, war von den Türken nicht besetzt, ein Versäumnis, das auch zum späteren Scheitern der Belagerung beitrug. Die Zitadelle in der Inselmitte wurde traditionell von der deutschen Zunge des Johanniterordens befehligt, und der Festungskommandant Fra Hans von Bes begrüßte die unverhoffte Verstärkung seiner kleinen Garnison.

Noch in derselben Nacht wurden Boten nach Sizilien geschickt, um Don Garcia vom Verbleib der Galeere in Mgarr ix-Xini zu unterrichten. Die Männer der Besatzung, Fischer aus der Umgebung, waren erfahrene Seeleute. Sie segelten in einer Dghajsa, in einem der typisch gozitanischen Segelboote, die flink und seegängig waren und mit welchen der Orden die Kommunikationslinien zwischen Malta und Sizilien trotz ständiger türkischer Patrouillen offenhalten konnte.

Fra Sebastian ließ sich den Empfang der Münzen im Wert von exakt 5231 Goldscudi durch Fra Hans im Beisein des maltesischen Adligen und gozitanischen Großgrundbesitzers Paolo de Neva quittieren, der als eine Art Verwaltungschef der Zitadelle fungierte. Das Dokument mit der Unterschrift des Kommandanten und de Nevas faltete Fra Sebastian eng zusammen und verschloß es in einem Marienmedaillon, das er beständig unter seinem Wams trug.

Sebastian von Warberg erhielt ein Kommando auf der Nordmauer. Wenige Tage später barg man seinen zerschmetterten Körper in einer Felsenspalte unterhalb dieser Mauer. Offenbar war er bei einem Inspektionsgang nachts gestrauchelt und unbemerkt in die Tiefe gestürzt. Entdeckt wurde die Leiche von de Nevas Diener Beppo, der in aller Frühe die Kaninchenschlingen vor den Wällen kontrollierte.

Fra Hans von Bes, der Festungskommandant, verstarb kurze Zeit nach von Warbergs »Unfall« am Schlagfluß, immerhin im gesegneten Alter von 83 Jahren. Kastellan Paolo de Neva fand den greisen Ordensritter zusammengesackt in der Kanzlei und ließ unverzüglich einen Arzt rufen, der aber auch nur den Tod feststellen konnte.

Ritter von und zu Eliz übernahm es, Fra Sebastians Familie in Hessen zu benachrichtigen, weil er von den Begleitern der schreibkundigste war.

»Anbei die persönlichen Pretiosen unseres seligen Bruders . . .

Ein Reisegebetbuch in Goldschnitt, eine Gürtelschnalle aus Silber. Ein Siegelring: Burgzinnen auf einem stilisierten Berg, eine lateinische Inschrift *(per gloriam Dei)*, zwei gekreuzte Schwerter, zwei kleine Silber-, mehrere Kupfermünzen, ein angefangener Brief: »Lieber Vater . . .«

Ferner eine zerrissene Halskette von der Art, an die man Medaillons hängt.

Der erbitterte Widerstand der Verteidiger forderte einen hohen Blutzoll bei den Türken, zudem dezimierten Seuchen die Reihen der ottomanischen Invasoren. Als Don Garcia endlich mit einem 8000 Mann starken Heer in der Melliehabucht landete, reichte allein die Botschaft aus, um die erschöpften Türken vollends zu entmutigen, obwohl diese, rein zahlenmäßig, das Kriegsgeschehen durchaus noch hätten wenden können. Am 8. September 1565 zogen sie sich gescheitert zurück, und Malta konnte wieder normalen Nachrichtenverkehr mit den europäischen Balleien und Kommenden aufnehmen.

Beppo, der Diener des Kastellans, traf gerade noch rechtzeitig ein, um dem Frachtschiff am Landeplatz von Mgarr einen versiegelten Umschlag mitzugeben. Der Kapitän des Lastenseglers, ein dicker Grieche, der im allgemeinen für sein Phlegma bekannt war, hatte es diesmal ausgesprochen eilig, denn er wollte auf keinen Fall den Sizilien-Konvoi verpassen, der sich im Fliegu, der Wasserstraße zwischen Malta und Gozo, unter Geleitschutz mehrerer Ordensgaleeren zu sammeln begann – sonst wäre ihm vielleicht aufgefallen, daß das Couvert das Siegel des gerade erst verstorbenen Festungskommandanten trug.

So fragte er den Boten nur ungeduldig: »Wohin damit?« und steckte den Brief nach der Antwort »Zu den Deutschen, an ihren Großprior!« in den Ledersack, der den Johannitern in Heitersheim zugedacht war.

Als Adam von Schwalbach Wochen später das Siegel von Fra Hans von Bes erbrach, fand er im Umschlag zwei Schriftstücke: eine Quittung über den Erhalt von 5231 Goldscudi und ein eigenhändiges Schreiben von Fra Hans von Bes, der ihn mit Bedauern vom Unfall des deutschen Ordensbruders in Kenntnis setzte. Ferner die Versicherung, daß das gespendete Gold ordnungsgemäß der Schatzkammer zugeführt wurde. Am Ende des Briefes entschuldigte sich Fra Hans für seine zittrige Schrift, bat aber in Anbetracht seines hohen Alters um »gütige« Nachsicht.

Das deutsche Großpriorat fragte daraufhin nie mehr nach der hessischen Kriegskontribution, jedenfalls nicht schriftlich. Im weitgehend lückenlosen Archiv der Johanniter in der Nationalbibliothek von Valletta, wo auch der gesamte Briefwechsel der Balleien und Kommenden mit der Zentrale aufbewahrt ist, existieren keine derartigen Dokumente.

3

Dr. Joseph Baleja, Historiker, Autor und Journalist, hatte eine angenehme Stunde mit Jost von Warberg auf der sonnigen Terrasse des British Hotel verplaudert.

›Geschichte ist schon etwas Merkwürdiges‹, dachte er, als Warberg sich für einen Augenblick entschuldigte und zum Zigarettenautomat ging. ›Zwei seiner Vorfahren haben geholfen, Malta zu verteidigen, der Großvater hat es bombardiert, und er kommt als Geschäftsmann!‹

Frau Xerri vom Deutsch-Maltesischen Zirkel hatte den Kontakt geknüpft: ». . . interessiert sich dafür, was die Ahnen hier während der großen Türkenbelagerung getrieben haben. Ich habe ihm gesagt, Sie würden da vermutlich ein paar brauchbare Hinweise geben können, Doktor. – In welcher Bibliothek er nachforschen soll und so weiter.«

Baleja war unter anderem Verfasser eines in Fachkreisen vielzitierten Buchs über die deutsche Zunge des Malteserordens. Einen leibhaftigen von Warberg mochte er sich nicht entgehen lassen. Er hatte also den Deutschen in seinem Ferienbungalow nahe St. Julian's angerufen, und sie hatten sich auf ein Glas Wein im British Hotel verabredet, Blick über den Grand Harbour und auf das Ritterfort St. Angelo und Senglea.

Nach einer Flasche trockenem Inselroten brachte der junge Warberg die Unterhaltung auf ein näher zurückliegendes Ereignis der Warbergschen Familienchronik, das auch mit Malta zu tun hatte: auf den Großvater Ernst, Luftwaffenoffizier und Berufssoldat wie so viele der Warbergs, vermißt im Einsatz vor Gozo am 30. November 1941

»Meine Großmutter hat erst nach Fünfundvierzig von einem Kriegskameraden genauer erfahren, was passiert ist.

Sein Flugboot – Großvater kommandierte seit dem Norwegenfeldzug eine Do 32 – muß zwischen Gozo und Comino ins Meer gestürzt sein, jedenfalls ist aus der Gegend von Kap Ras il-Hops die letzte Positionsmeldung nach Sizilien gefunkt worden. Die Maschine war auf dem Weg nach Tripolis, ein Spezialflugzeug mit großer Reichweite, habe ich mir sagen lassen. Wurde viel verwendet, um Schiffbrüchige oder abgeschossene Piloten aufzufischen.«

Warberg kam mit der neuen Zigarettenpackung zurück und bot Baleja eine an. Der lehnte ab. »Nein, danke! Jetzt aber vielleicht Kaffee? Espresso?« Er gab Fred, dem schlurfenden Kellner, ein Zeichen, und zwei winzige Tassen wurden gemächlich in die Tischmitte gestellt. Fred machte eine altmodische Verbeugung und schlurfte wieder zu seinem Stehplatz neben der Anrichte.

»Wahrscheinlich hatte mein Großvater Order, unterwegs die Besatzung von einem havarierten italienischen MiniTauchboot aufzunehmen, aber das sind nur Vermutungen von diesem Kriegskameraden. Die Bewegungen der Staffel 44, also der Flugboote, unterlagen nämlich allerhöchster Geheimhaltung. Selbst untereinander waren die Kommandanten und Besatzungen zum Schweigen über ihre Einsätze verpflichtet. – Natürlich ist immer mal was durchgesickert ... Ein verlorengegangenes Flugzeug war kaum zu vertuschen, zumindest nicht in der gleichen Staffel.«

»Wenn ich mich recht erinnere«, sagte Baleja, »wurde mit diesem Flugzeug die Kommunikation mit Rommels Afrikacorps aufrechterhalten, weil die Maschinen nachtflugtauglich waren.«

Warberg nickte. »Nachttauglich, und außerdem war man nicht auf die unsicheren Landeplätze an der nordafrikanischen Küste angewiesen.« Er zog seine Tasse zu sich heran. »Marschall Deichmann, der Stabschef vom Fliegercorps II, hat meine Großmutter dann im Frühjahr zweiundvierzig persönlich aufgesucht und ihr kondoliert, als er auf Fronturlaub in Deutschland war. Seine und unsere Familie waren befreundet. – Auch keine Nazis, die Deichmanns.«

›Nein‹, dachte der Malteser bitter, ›es waren natürlich hinterher alle keine Nazis! ‚Die Herrenmenschen‘, die Malta pulverisieren wollten. Alle nur gehorsame, quasi unschuldige Soldaten, die ihrem Führer einen Eid geschworen hatten und deshalb einfach die Welt zerstören *mußten, weil der Eid sie ja band!* … Vermutlich jeder einzelne im nachhinein sogar ein geheimer Widerstandskämpfer gegen den wahnsinnigen Anstreicher. Nach dem Krieg war er dann plötzlich ein Oppositioneller, der vorher selbstverständlich nur besonders zackig den Arm zum ‚Heil Hitler‘ emporgerissen und aus dem gleichen Grund vermutlich auch besonders akkurat Bomben abgeworfen und Juden vergast hatte *um bloß nicht als Systemgegner enttarnt zu werden!*‹

Baleja war auf den Tag genau ein Jahr vor Mussolinis Kriegserklärung an England und Frankreich als Zehnjähriger mit der Familie von Mdina, der Città Notabile, wie die adligen Familien die ehemalige Inselhauptstadt immer noch bezeichneten, nach Valletta in die St. Anthony Street umgezogen. Gegenüber, auf der anderen Seite des Grand Harbour, hatten die Docks und Schiffe der britischen Mittelmeerflotte gelegen.

Das Inferno, das sich ein Jahr darauf tagtäglich aus dem Himmel über die Inselfestung Malta ergossen hatte, hätte man kaum aus größerer Nähe erleben können: Der Hafen und seine Umgebung waren das Hauptangriffsziel der italienischen Regia Aeronautica und der deutschen Luftwaffe.

»Little Joe« – wie er noch immer von seiner greisen Mutter genannt wurde –, Joseph Baleja, gerade Oberschüler, hatte die Kriegsjahre in einem stickigen Tunnel unter dem Mt. Sceberras verbringen müssen, auf dem die Stadt Valletta nach Suleimans Belagerung errichtet worden war.

Baleja verstand nur ein paar Brocken Deutsch, aber als der

junge Warberg das Wort »Luftwaffe« ausgesprochen hatte, war die Erinnerung an die pausenlosen Bombenangriffe zurückgekommen, und er vermeinte wieder den kalkigen Staub auf der Zunge zu spüren, der die Bunker und Schutzräume nach einem nahen Einschlag durchweht hatte.

Er nahm ein weiteres Stück Zucker für den Espresso und rührte um. Nur mühsam gelang es ihm, die Bilder der schreienden Verletzten, der einstürzenden Straßenzüge aus seinem Kopf zu verdrängen. – Einmal war eine Fünf-Zentner-Bombe direkt . . .

›Genug!‹ zwang er sich. ›Genug, er war ja noch nicht einmal geboren, als der Krieg begann. Sei nicht unfair!‹ Er reichte dem Deutschen seine Visitenkarte. »Hier ist meine Telefonnummer. Rufen Sie mich einfach an, wenn Sie noch etwas wissen wollen. Ihre Adresse hat mir ja Frau Xerri schon gegeben.«

Warberg steckte die Karte in seine Brieftasche. »Danke, Doktor, ich komme bestimmt auf das Angebot zurück. Morgen habe ich übrigens eine Verabredung mit Captain Camilleri, ein ehemaliger Soldat der Malta Volunteer Air Defence Force, Gozo. Leute dieser Einheit haben am Morgen des 1. Dezember 1941 eine Schwimmweste und einen Rettungsring mit deutschen Hoheitszeichen zwischen Mgarr ix-Xini und Fort Chambray geborgen.«

»Sie meinen, Ihr Großvater ist dort abgeschossen worden?

Der junge Warberg schüttelte den Kopf. »Ich habe zwar bereits eine Menge recherchiert, aber bislang nirgendwo einen Hinweis auf Luftabwehrtätigkeit *auf Gozo* in der besagten Nacht gefunden.«

»Daraus schließen Sie . . .?«

»Nun – die Maschinen waren seit dem Norwegenüberfall pausenlos im Einsatz. Vielleicht gab es auch keine guten Wartungsmöglichkeiten auf Sizilien. Motorexplosion, defekter Höhenmesser, wer weiß? Es soll geregnet haben . . . Vielleicht hat ja dieser Ex-Captain eine Erklärung. Er klang mir am Telefon sehr hilfsbereit, und nach Gozo muß ich sowieso, zwei Hotels begutachten.«

Baleja hatte sehr wohl registriert, daß sein Gesprächspartner vom »Überfall auf Norwegen« gesprochen hatte. ›Seine Generation hat wirklich nichts mehr mit diesen Ereignissen zu tun, vorbei ist vorbei!‹ Laut fragte er: »Wie nennt sich Ihr Beruf eigentlich, Hotel-Tester?«

»Erraten. Ich bin bei einem Berliner Reiseunternehmen beschäftigt. Meine Firma sucht hier Vertragspartner.« Er machte eine Sprechpause. »Wir planen, deutsche Touristen herzubringen, keine Stukas!«

Und fast schien es Baleja, als habe der junge Mann vorhin seine Gedanken lesen können, denn als Warberg das mit den Stukas gesagt hatte, hatte er ihm ernst in die Augen geschaut.

»Gut!« sagte der Doktor. »Wie alt sind Sie, wenn ich fragen darf?«

»Im Januar siebenundzwanzig.«

»Danken Sie Gott, daß Sie nie einen Krieg mitgemacht haben!

Warberg nickte. »Meine Mutter hat mir viel erzählt. Sie ist als Mädchen einmal zwölf Stunden lang in einem Kellerraum verschüttet gewesen, gleich bei einem der ersten großen Luftangriffe auf Berlin.«

›Es ist wirklich nicht fair, das mit den Nazis‹, dachte Baleja. ›Als er geboren wurde, war der Krieg schon zwanzig Jahre vorbei, und es hat sie ja gegeben, die Stauffenbergs und Goerdelers.‹

Eine braungebrannte junge Frau trat auf die Terrasse und schaute sich suchend um; selbst Fred, der Kellner, erwachte aus seiner Trance.

Malteser machte eine dezente Kopfbewegung. »Sucht die Dame Sie?«

Jost nickte. Er erhob sich und schüttelte Baleja die Hand.

»Es hat mich wirklich außerordentlich gefreut, Ihre Bekanntschaft zu machen.«

»Ganz meinerseits. Einen Sproß der Warbergs trifft man nicht alle Tage bei uns auf Malta. – Ist Ihnen übrigens bekannt, daß sich die Grabplatte eines Fra Adalbert von Warberg in der St. John's Co-Cathedral befindet? Neben den Osterhausens und Sonnenbergs. Recht jung verstorben, mit fünfundzwanzig, aber in so bewegten Zeiten wie damals war das kein Einzelfall.«

Die Frau hatte Warberg nun auch entdeckt und bedeutete ihm aus der Ferne, sich nicht zu beeilen. Baleja hatte die Geste ebenfalls gesehen und sagte schmunzelnd: »Dann will ich Sie nicht länger aufhalten.

Warberg lachte, als er sich noch einmal kurz hinsetzte: »Ganz so schnell schießen die Preußen nun auch wieder nicht!« – Wenn dem Malteser diese Redewendung unbekannt war, so ließ er es sich jedenfalls nicht anmerken. – »Ja, die Grabplatte kenne ich, ist ein Neffe von Fra Sebastian, dem ersten Johanniterritter in unserer Sippe. Er muß bald nach der Belagerung hierher gekommen sein. Es existiert sogar ein Brief bei uns auf Burg Warberg, in dem dieser Adalbert beschreibt, wie er das Grab seines Onkels in der Zitadelle von Gozo aufsucht und auf dem Rückweg nach Malta in einen Hinterhalt türkischer Korsaren gerät. Rauhe Zeiten müssen das gewesen sein. – Er ist jung gestorben, soll das Klima nicht vertragen haben.«

»Sie sind wirklich sehr gut informiert!«

Warberg erhob sich endgültig. Noch mal Händeschütteln. »Bevor ich mir meinen profanen Broterwerb im Touristikgewerbe zugelegt habe, habe ich Geschichte und Philosophie studiert . . . nicht ›mit großem Bemühn‹, sondern mit viel Freude!«

»Das erklärt einiges«, sagte der Doktor. »Schönen Tag noch!«

Warberg entfernte sich in Richtung Kellner.

»Geht auf mich!« rief ihm der Malteser hinterher.

»Danke!« sagte der Deutsche. »But the next one is on me!«

Kein Teenager mehr, der Warberg umarmte – Baleja schätzte die Frau auf anfang zwanzig –, und mit Sicherheit war es auch keine Engländerin oder Amerikanerin, das erkannte er an der Art, wie sie sich gekleidet hatte. ›Leinenkostüm italienischen Zuschnitts, sehr elegante Schuhe. Cortini? – Überhaupt mehr Skandinavier und Deutsche in den letzten Jahren.‹

Die Lifttür schloß sich hinter Warberg und seiner Begleiterin.

Ende November, das Meer noch immer warm genug zum Baden. Ein windstillen Tag bislang, wolkenlos. Sonnenbrillen auf allen Nasen. Das Hotelrestaurant und die Terrasse waren gut besetzt. Und bei vielen Gästen, die sich mit Schwertfisch in Knoblauchbutter oder Oktopus in Rotweinsud von der milden Mittelmeersonne verwöhnen ließen, tauchten Zweifel auf, ob das Haus am See in Mecklenburg-Vorpommern oder die Eigentumswohnung auf Amrum die richtige Investition fürs Alter gewesen war.

Das Restaurant im British wurde indes nicht nur von Touristen, sondern auch von einheimischen Geschäftsleuten frequentiert. Baleja erkannte einen ehemaligen Mitschüler aus Mdina, einen Immobilienhändler. ›De Neta? Georgio?‹

Fred brachte die Rechnung.

»Stimmt so.« Baleja ging zum Lift. Ein altmodischer Fahrstuhl mit Scherengitter, es dauerte, bis er kam. ›Nicht de Neta, de Neva! Georgio de Neva, Graf oder Baron. Sein Vater hatte doch vor Kriegsausbruch für den Anschluß an Italien Politik gemacht. ,Il Duce ta I'Mdina', richtig! ,Der Duce aus Mdina' hat Mutter den alten de Neva genannt, und wir Schulkinder haben Georgio immer ,il piccolo duce' gerufen! Die Fahrstuhltür öffnete sich rasselnd. ›Wenn man ehrlich ist, muß man sehen, daß es damals überall faschistische Bewegungen gegeben hat, selbst bei uns.‹ Er drückte auf Erdgeschoß. ›Wurde, wenn mich nicht alles täuscht, Anfang des Krieges paradoxerweise ziemlich schwer bei einem italienischen Bombenangriff verletzt, der ‚Führer‘!‹

Der Grundstücksmakler redete gestenreich auf zwei schmuckbehangene Frauen ein, die wenig maltesisch aussahen, vermutlich ausländische Kundinnen.

›Ich sollte ihn eigentlich gleich fragen, ob wir wegen der Mdina-Reportage für die ‚Malta Times‘ bei ihm Innenaufnahmen machen dürfen.‹ Aber de Neva schien sehr vertieft im Gespräch. Besser nicht jetzt, kann auch morgen anrufen.‹ Der Fahrstuhl setzte sich ruckend in Bewegung.

Das Haus der de Nevas, die Casa Felice, stammte aus der Zeit der Normannenherrschaft und durfte in keiner detaillierten Beschreibung der Città Notabile fehlen.

Der Lift schaukelte arg. Baleja hielt sich an einem polierten Messinggriff an der Kabinenwand fest. ›Er könnte sogar noch leben, der alte de Neva – müßte dann jetzt allerdings schon an die Achtzig sein.‹

4

Als die Maschine spürbar an Höhe verlor, warf Major von Warberg seinem Navigator Leutnant Schrader einen auffordernden Blick zu. Der nickte, denn er sprach als einziger von der Besatzung ein paar Worte Italienisch und wandte sich an den südländischen Passagier, der während des ganzen Fluges stumm neben Jens gehockt hatte. Jens war Funker und Bordschütze der Do 32.

»Subito«, sagte Schrader, »subito, capitano!«

Der dunkelhaarige Fluggast schaute durch sein Seitenfenster in den Regen. Kein Mond, keine Sterne. Ein tiefes Schwarz ohne Anfang und Ende.

»Ich wassere jetzt«, sagte der Major, »er soll sich festhalten.«

»Attenzione, capitano, attenzione!«

»Capito!« Der Südländer steckte seine Hand in eine Lederschlaufe über dem Kopf, so wie man in einer zuckenden Straßenbahn sein Gleichgewicht zu sichern sucht.

Eine Windböe zerrte an den Tragflächen, daß der Flugzeugrumpf zu ächzen begann. Dann gab es einen Schlag. Die Dornier hatte gewassert, das Motorengeräusch erstarb stotternd.

Außer dem Klatschen der Wellen war nur das Prasseln des Regens zu hören.

Ernst von Warberg schob eine Plexiglasscheibe in der Kanzel auf und spähte in die Finsternis. Schrader hatte die Kabinentür geöffnet. Er blinkte einen zigarrenförmigen Schwimmer des Flugboots mehrmals mit einer Taschenlampe kurz an.

»Hörst du sie?«

Wenn es nicht gerade ungewöhnlich stürmte, hörte man das Dieseltuckern, bevor man den Kutter sah.

»Nein«, sagte Schrader. Er richtete die Stablampe für einen

25

Moment auf das Zifferblatt seiner Junghans-Uhr. »Wir sind auch früh dran.«

Der Südländer war aufgestanden und suchte seine Gepäckstücke zusammen. »Allora?«

»Subito, capitano, subito!«

»Ich glaube, da sind sie, Herr Major!« Der Funker deutete auf einen hellgrünen Punkt in der Nacht.

»Oder sonst wer!« Schrader zog eine Maschinenpistole aus der Halterung neben der Kabinentür und entsicherte sie.

Er setzte sich hinter die MP und fixierte das Licht. Der hellgrüne Punkt wechselte rhythmisch mit einem roten.

»Sie sind's!« Warberg schloß das Schiebefenster wieder. »Na bitte, wer sagt's denn!«

Ein hochbordiges Schiff tauchte aus der Regenwand auf. Der *capitano* hatte sich neben Schrader in die Türöffnung gestellt und rief etwas in einer kehligen Sprache, worauf ein Mann ein Beiboot fachmännisch vor die Kabinentür bugsierte. Der *capitano* warf dem Mann mehrere Taschen und Kisten zu, bevor er vorsichtig in das Boot stieg.

»Arrivederci, capitano!«

Der Südländer sagte nichts, sondern grüßte Schrader militärisch-knapp und wurde weggerudert.

»Eine Kiste hat er vergessen!« sagte der Funker. »Unter dem . . .«

Die Stimme verstummte abrupt. Schrader drehte sich um. »Jens?«

Der Funker griff sich an die Kehle und rutschte vom MP-Sitz. Sein Kopf schlug gegen die Kabinenwand. Schrader trat einen Schritt auf den Röchelnden zu und knickte dann langsam in den Knien ein. »Herr Major, hier . . .!«

Aber der Flugzeugkommandant hörte die Warnung nicht mehr, denn er war bereits tot. Schrader starb als letzter. Im Bereich der geöffneten Kabinentür war die Giftgaskonzentration geringer als im Innern der Dornier.

Das Beiboot hatte in der Zwischenzeit an der Steuerbordseite des Fischkutters festgemacht. Die Taschen und Kisten wurden nach oben gereicht.

»Ich glaube, wir können gleich zurück«, sagte der *capitano*, der das Wasserflugzeug nicht aus den Augen gelassen hatte, »drüben rührt sich nichts mehr. Hast du den Seitenschneider?«

Der Ruderer stieß mit dem Fuß gegen das Werkzeug.

»Gut«, sagte der *capitano*. »Schätze mit zwei Fahrten haben wir alles.

Er stülpte eine rüsselähnliche Maske über und verschnürte sie sorgsam hinter dem Kopf.

Es regnete kaum noch, und der Wind hatte ganz nachgelassen, als das Beiboot wieder unterhalb der Kabinentür anlegte. Der Südländer hangelte sich hoch und rollte den Leutnant aus dem Mittelgang. Acht glänzende Stahlkassetten waren mit einer langen Eisenkette, die man durch die Tragehenkel gezogen hatte, an die Streben der hinteren Sitzreihe geschlossen. Der hydraulische Seitenschneider löste das Problem.

Wenig später wurde aus einer englischen Bren-Maschinenpistole mit primitivem Schalldämpfer eine Salve von Dumdum-Geschossen auf die Schwimmer und die Unterseite des Flugboots abgegeben.

Die Dornier sank zügig.

»Mgarr ix-Xini oder Xlendi?« Der *capitano* streifte sich eine Uniformjacke der Malta Voluntary Coast Guard über und warf den Schalldämpfer über Bord.

»Sicherer wär Mgarr ix-Xini, Herr Baron«, antwortete der Ruderer. »Die *Perla* soll heute nacht vor Xlendi patrouillieren.«

Die *Perla* war ein schnelles Küstenschutzboot der Royal Navy, ausgerüstet mit starken Suchscheinwerfern, und vor allen Dingen: kommandiert von einem englischen Kapitän der unbestechlichen Sorte – Grund genug also, Xlendi zu meiden.

»Niemand bei den Grotten?« fragte der Baron. Er bot dem Ruderer eine Zigarette an.

Die gozitanischen Fischer liefen wegen der deutschen Tiefflieger nur noch bei Dunkelheit aus. Als das Flugboot in der letzten Nacht den Baron abgeholt hatte, war der Kutter beinahe zu spät am vereinbarten Treffpunkt eingetroffen, weil man einer Dhgajsa weiträumig ausweichen mußte, die Kurs auf die Felsenhöhlen genommen hatte.

»Nein – zumindest haben wir vorhin beim Reusenauslegen nichts bemerkt«, sagte der Ruderer. Er zog ein Sturmfeuerzeug hervor und gab zuerst dem Baron Feuer.

Der Kutter schlingerte in der Dünung, die von der Querströmung aus Südost aufgeworfen wurde.

Als das Schiff in den Windschatten der Steilküste tauchte, wurde das Wasser ruhiger. Erneut wurde das Beiboot ausgesetzt.

»Ablandiger Wind«, sagte der Baron zum Ruderer. »Fahr zur Pawlus Grotto!«

Der Ruderer schüttelte den Kopf. »Loly fischt dort manchmal ohne Erlaubnis mit Dynamit, Herr Baron!«

»Fällt das nicht auf?«

Einigen Fischern war es wegen der dramatischen Lebensmittelknappheit offiziell gestattet, mit Sprengstoff zu arbeiten. Sie waren verpflichtet, ihren Fang zu Fixpreisen abzuliefern – aber auf dem Schwarzmarkt zahlte man ein Vielfaches.

Der Ruderer zuckte mit den Achseln. »Nicht, seitdem die da oben in Ta Cenc auch *nachts* ständig mit ihren Bofors rumknallen müssen.«

Einzelne, tieffliegende Fiat der Regia Aeronautica, die neuerdings in der Dunkelheit ihre Bomben auf gut Glück abwarfen, zwangen Maltas Verteidiger zu einer ermüdenden Rundum-die-Uhr-Bemannung der Flugabwehrstellungen.

»Dann eben in die Schlick-Höhle, dorthin hat sich noch nie jemand zum Fischen verirrt!«

Der Ruderer korrigierte den Kurs. »Warum mußten die Germanisi dran glauben, Herr Baron?«

»Der Duce traut den Deutschen nicht über den Weg, Salvu. Wir sollen die Kassetten verstecken, bis Admiral Campioni die Invasion ohne deutsche Hilfe durchführen kann.«

»Was ist denn drin?« fragte der Ruderer.

»Genug Senfgas, um bei Bedarf alle Flaks vom Grand Harbour auszuschalten«, sagte Baron de Neva ernst.

»In den paar Schachteln?«

»In den paar Kisten, Salvu!«

Als der Kutter, dessen Besatzung zum Teil aus bewaffneten Mitgliedern der Malta Voluntary Coast Guard bestand, im Morgengrauen seine nächtliche Ausbeute an Makrelen und Tintenfischen im Fjord von Mgarr ix-Xini anlandete, ruhten acht mit kleinen Goldbarren und Silbermünzen gefüllte, von wogendem Seegras verdeckte, für mit Rommel kooperierende nordafrikanische Beduinenstammesoberhäupter bestimmte Metallkassetten auf dem schlickigen Grund einer meerwasserdurchspülten Höhle.

Ein de Neva war zu allererst ein de Neva, dann erst ein Anhänger der »Bewegung« – und Subalterne hatten die de Nevas noch nie ins Vertrauen gezogen.

»Gelbkreuz, Salvu, Kampfgas!«

»Gelbkreuz«, murmelte Salvu ehrfürchtig. Im Gegensatz zum Baron war er ein überzeugter Faschist.

»Sobald der Befehl aus Sizilien kommt, heben wir es wieder. Cikku und Emanuel haben in der nächsten Woche jeden Tag Dienst«, sagte der Baron.

Cikku und Emanuel waren zwei Rekruten der Malta Air Defence aus der nunmehr verbotenen Bewegung des Anschlusses – des Anschlusses an das faschistische Italien.

5

Na, ich weiß nicht so recht!« Jost von Warberg las laut aus einem Reiseführer: »Hör dir mal das an: Maltas Problem ist die Wasserknappheit. Auf den Inseln gibt es nur wenige natürliche Quellen.«

Sie waren bei ihrem Zitadellenrundgang an der frisch restaurierten Nordmauer angekommen, als sich der Wolkenbruch ankündigte. Warberg hatte sich mit seiner Begleiterin im letzten Moment vor dem monsunartigen Regen in das Tower-Café in der Republic Street gerettet und betrachtete nun interessiert, wie sich aus allen Seitenstraßen der Hauptstraße von Victoria – die Gozitaner benutzten untereinander den alten semitischen Namen *Rabat,* »dort, wo die Pferde angepflockt werden« –, wie sich von jedem Dach, wie sich aus jeder Gasse ein lehmiger Sturzbach ergoß und die Fahrbahn in ein feucht-kühles Hindernis verwandelte, wenn man nicht gerade hohe Gummistiefel trug. Aber wer besaß schon derartige Fußbekleidung auf »einer sonnendurchglühten Inselkette, deren Vegetation und Kargheit stark an Nordafrika erinnert«.

Zwei Herren in Anzug und Krawatte betraten das Café und lehnten ihre Schirme an die Wand. Inselhonoratioren, dem aufmerksamen Bedienen der Serviererin nach zu urteilen.

Warberg schlug die Seite um: »Die Regierung plant den Bau einer weiteren Meerwasserentsalzungsanlage, um dem chronischen Süßwassermangel abzuhelfen.« Er legte das Buch umgedreht aufgeklappt auf die Tischplatte und stieß seine fröstelnde Begleiterin an, die über einem Glas Kräutertee zu meditieren schien.

»Wär doch mal ein anderes Postkartenmotiv. Für den notorischen Off-season-Reisenden: Malta ohne dalí-blauen Mit-

30

telmeerhimmel, dafür Einheimische mit Schirm und Friesennerz. Was sagst du dazu, Rita?«

Eine Gruppe barfüßiger Kinder hatte damit begonnen, Papierschiffchen die Hauptstraße hinunterschwimmen zu lassen. Weitere schirmtragende Herren in gedeckten Anzügen gesellten sich auf einen Espresso zu ihresgleichen.

Rita nieste mehrmals und knöpfte als Antwort auch noch den obersten Knopf ihrer Kostümjacke zu. Sie nahm einen Schluck von dem dampfenden Getränk und schien dann langsam die Sprache wiederzufinden. »Irgend jemand hätte sich gestern abend ruhig die Wettervorhersage anschauen können, schließlich wolltest du mit Harry tauchen gehen!«

»Dein Bruder hat was gemurmelt von ›manchmal gibt's hier und da ne Husche um diese Jahreszeit‹, aber von der Sintflut war nicht die Rede.«

Warberg blieb dennoch gut gelaunt, im Grunde genommen mochte er den Regen. Winterwetter am Mittelmeer: Als Privatmensch war ihm das allemal lieber als die wärmeren Jahreszeiten, wo er, beruflich bedingt, in lauten, überlaufenen Ferienorten von morgens bis abends mit Pauschaltouristen diskutieren mußte, die bei bewölktem Himmel bereits einen Teil ihrer Reisekosten rückerstattet haben wollten oder sich bei ihm beschwerten, wenn einmal die Disko *vor* Mitternacht schloß.

Ein besonders aufwendig gefaltetes, großes Papierschiff wurde vom rechten Vorderrad eines Uralt-Mercedes versenkt. Zwei Männer knallten die Wagentüren zu und spurteten auf den Eingang des Tower los.

Rita hielt ihr Teeglas umklammert. »Harry und Toni sind auch nicht gerade zweckmäßig gekleidet!«

»Toni?«

»Ja, Toni. Toni Vella, ihm gehört die *Delfin.*«

»Dein Bruder will doch nicht etwa heute noch . . .«

Rita zuckte mit den Schultern. »Zuzutrauen wär es ihm.«

31

Die paar Schritte vom Auto zum Café reichten aus, um Ritas Bruder und seinem Begleiter die sommerlich-hellen Jakketts für den Rest des Tages zu ruinieren.

»Sauwetter!« Harry wischte sich das Wasser aus dem Gesicht. »Meet my friend Toni, Jost!«

»Hello Toni, please call me Jost!« Warberg bot den triefenden Hocker an, plastikbezogen und feuchtigkeitsunempfindlich. »A drink?«

Eine Runde Whisky für alle. Toni flüsterte Harry etwas ins Ohr. Der sagte leise zu Jost: »In der Ecke hockt der ganze Vorstand der Partit Nazzjonalista.«

»Ich hab mir schon so was gedacht«, sagte Warberg.

Toni hängte seine klatschnasse Jacke umständlich über die Hockerlehne. »Mein Freund Harry erzählte mir, Sie wollen in Mgarr ix-Xini tauchen?«

Warberg nickte. »Nicht nur dort. Ich soll ein Pauschalprogramm für Wassersportler zusammenstellen. Harry hat Sie ins Bild gesetzt, was ich hier auf Malta treibe?«

»Hat er.« Vella unternahm den zweifelhaften Versuch, die Bügelfalte seiner Hose zu retten, indem er sie mit Daumen und Zeigefinger nachkniff. ». . . Außerdem waren Sie gestern bei uns im Hotel spionieren, so gegen Mittag.«

Warberg blickte den Malteser verwundert an. »Nanu, ich . . .«

»Toni ist einer der Junior-Manager vom Calypso«, erklärte Rita. »Ich hatte vergessen, dir das zu sagen.«

Toni unterbrach seine Bügelimprovisation und hob Aufmerksamkeit heischend die Hand. »Außerhalb der Saison zum Glück nur halbtags, Ladies und Gentlemen! – Deswegen hab ich mir doch das Boot zugelegt.«

»Du mußt wissen«, sagte Harry, »Toni ist geradezu fanatischer Wassersportler.«

»Tauchen, Wasserski, Haifische vor Tunesien jagen, was immer Sie wollen, Jost!« – Er sprach den Namen ›Yoss‹ aus. –

»Meine *Delfin* steht Ihnen zur Verfügung. Und falls Sie sie brauchen, wenn ich arbeite, hilft Ihnen Harry sicher gern, er kennt das Boot. – Wo sagten Sie, vor Mgarr ix-Xini? Interessante Tauchgegend, besonders Richtung Xlendi. Man hat vor Jahren sogar einen alten römischen Segler gefunden, voll mit Weinamphoren, aber vielleicht sind Sie mehr auf Fische aus?«

Warberg lachte. »Fische, Amphoren: mir einerlei! Ich hab's mir zur Regel gemacht, daß ich die Sachen, die ich unseren Kunden empfehle, alle selber vorher ausprobiere. Also schau ich mir nicht nur die Hotelzimmer, sondern auch die Unterwasserlandschaft an, dafür gibt's schließlich Spesen!«

»Ihr Chef wird garantiert nicht verarmen. Meine Preise sind moderat. Boot, Flaschen, alles inklusive, wenn Sie die *Delfin* chartern. Schnell ist sie auch, ein neuer 180-PS-Volvo-Motor.«

»Ich hatte nicht die Absicht, stundenlang mit Ihnen zu feilschen, Toni. Was stellen Sie sich vor? – Pro Stunde oder Tag?«

Vella erläuterte seine Tarife, und man wurde handelseinig. »Alle dasselbe noch mal?« Er ging zum Tresen.

»Für mich schon«, sagte Harry.

»Ich auch«, sagte Warberg.

»Besser doch wieder Kräutertee«, meinte Rita. »Ich glaube, ich hab mich erkältet, mir ist richtig fröstelig.«

»Dein Freund wird dich warmhalten.« Harry zwinkerte Jost zu.

»Eine meiner leichtesten Übungen«, versicherte Warberg.

Sie redeten deutsch, während Toni sich mit der Bedienung unterhielt. Als er wieder am Tisch saß, nieste Rita.

»Bei mir auf der *Delfin* gibt es Elektroheizung!«

»Sehr praktisch, wirklich.« Sie schnaubte sich die Nase. »Aber mich kriegt bei diesem Wetter selbst der charmanteste Lover nicht in seine klamme Koje.«

»Elektroheizung«, wiederholte Toni.

»Quatsch«, sagte Rita, »drei Watt höchstens! Ich kenn die Dinger.«

»Oha! Meine teure Freundin ist also mit klammen Kojen vertraut!«

»Ihr könnt mich alle mal!« Rita stand auf. »Ich will jetzt nach Qala, und zwar sofort, eh ich mir vollends was einfange.«

In Qala besaßen die Geschwister ein modernisiertes Farmhaus für die drei, vier kühlen Monate auf der Insel eigens mit Kaminzimmer ausgestattet.

»Ich fahr den Wagen ein Stück näher«, sagte Toni galant und schlüpfte in sein durchweichtes Jackett.

»Und ich mach uns oben was zu essen«, sagte Harry.

»Was Warmes, bitte«, meinte Rita.

»Eine Flasche Calvados ist auch noch da, oder gehe ich fehl in der Annahme, daß wir Mgarr ix-Xini auf morgen verschieben, Jost?«

»Mich drängt's eigenartigerweise augenblicklich nicht allzusehr aufs offene Meer.«

»Für morgen ist wieder schönes Wetter angesagt«, beeilte sich Toni zu versichern, bevor er sich der Sintflut aussetzte und den Mercedes parkte.

6

Der einäugige Loly aus Qala war anerkanntermaßen der erfolgreichste Garnelenfischer von Gozo. Böswillige Zungen behaupteten, daß er immer noch mit Dynamit fischen würde. Nicht plump wie früher, als junger Mann, sondern – das flüsterte man natürlich nur hinter vorgehaltener Hand – mit wohldosierten (und deshalb kaum nachweisbaren) Mini-Sprengladungen.

Neider gab es reichlich, denn die Garnelenfischerei hatte ihm zu bescheidenem Wohlstand verholfen. Die traditionellen Fanggründe der Leute aus dem Dorf Qala lagen an der Südküste. Lolys volle Reusen und Körbe waren aber größtenteils auf seine Geschicklichkeit und das seit Generationen vererbte Wissen um garnelenträchtige Stellen zurückzuführen.

Eine buntbemalte Dghajsa mit dem Ghajn-Symbol, dem Unheil abwendenden Auge auf dem Bugstreben, tuckerte dicht am Blinklicht der Hafenmole von Mgarr vorbei, passierte das angestrahlte Fort Chambray und die Bucht von Xatt l'Ahmar. Hinter Kap Ras il-Hobs steuerte das Boot diagonal durch die Fjordmündung von Mgarr ix-Xini und nahm Kurs auf die Gewässer vor der Ta-Cenc-Steilküste. Außer der *Xlendi*, einer ehemaligen dänischen Roll-on-roll-off-Autofähre auf nächtlicher Fahrt nach Cirkewwa, Malta, begegnete der Dghajsa kein weiteres Schiff.

Loly hatte einen mit Isolierband geflickten Nylonanorak über seinen löchrigen Navy-Pullover gezogen, da die Nacht ungemütlich zu werden versprach. Nach dem monsunartigen Anfang vom Nachmittag hatte der Regen langsam an Intensität ab –, der frische Nordwest hingegen merklich an Stärke zugenommen: ein Wetter ganz nach dem Geschmack des Garnelenfischers. Die Kollegen mit ihren flachbordigen Booten würden bestimmt nicht auslaufen. Seine Dghajsa verfügte über einen soliden Diesel, und ein neueingepaßtes Spritzdeck erlaubte es, auch bei sehr rauher See zu fischen.

Als er in den Windschatten der Ta-Cenc-Steilküste kam, stellte er den Motor ab und ließ sich von der Strömung zu den Höhlen treiben. Sein bevorzugter Ankerplatz war von jeher in der Umgebung der Pawlus Grotto, eine – wegen der Vielzahl tückischer Riffe – von anderen Fischern wenig geschätzte Fanggegend.

Um so erstaunter war Loly, dort bereits ein Schiff vorzufinden. Kein Fischerboot. Ein moderner Glasfiberrumpf, mehr Jacht als Kutter. Zwei Anker waren gelegt. Eigenartig nur, daß niemand Positionslampen gesetzt hatte. Loly erinnerte sich nicht, dieses Schiff schon einmal gesehen zu haben, und er hatte, was Boote betraf, ein gutes Gedächtnis. Es mußte von »drüben« sein, von Malta, denn die in Gozo registrierten seetüchtigen, großen Motorboote kannte er alle. Immerhin war es dem Steuermann der unbekannten Jacht trotz miserabler Sicht gelungen, die beiden Riffs zu umfahren, an denen zahlreiche Schiffe selbst tagsüber bei Schönwetter scheiterten.

›Kann nur einer von hier sein!‹ Loly warf den Motor an. Auf der Jacht rührte sich niemand. Die Dghajsa umrundete das ankernde Schiff: *Gracia*, Heimathafen Valletta. ›Zumindest ist der, der es hierhergelotst hat, nicht das erste Mal vor Ta Cenc.‹

Kein Licht, kein Geräusch und offenbar keine Menschenseele. Loly drosselte die Fahrt, stellte sich nach vorne auf das Spritzdeck und leuchtete: gelbweiße Markierungsbojen, wie er sie selbst benutzte, zwei, drei Plastikwannen und jede Menge Tauchutensilien, Flaschen, Bleigürtel, Schwimmflossen.

›Seltsam!‹, dachte der Fischer, und irgendwie überkam ihn das Gefühl, daß etwas ganz und gar nicht korrekt war an der

Art, wie die Jacht so verlassen und unbeleuchtet ankerte. ›Mal sehen, ob sich was tut!‹

Loly schlug das Ruder ein, lenkte behutsam durch die schmale Öffnung der Pawlus Grotten und fuhr in einen Seitenarm der kuppelartigen Höhle. Er vertäute die Dghajsa und sprang auf einen Gesteinssims, der sich nahe der Wasseroberfläche um den rückwärtigen Teil der Grotte zog. Dann legte er mehrere kuglige Bambusreusen aus, markierte die Stellen mit Schwimmern und wählte einen Platz, von wo er die *Gracia* beobachten konnte. Dort hockte er sich im Schneidersitz hin und zündete eine Zigarette an, die Glut in der hohlen Hand verdeckt.

Ein schwacher Lichtfleck näherte sich der Jacht, und Loly vermeinte, auf dem Schiff eine Bewegung wahrzunehmen.

»Mein Gott, wie kann man denn eine Dghajsa übersehen!« Der Mann ist noch außer Atem vom Schwimmen, denn das Meer ist in der Nähe der Klippen alles andere als ruhig.

»Du hast vielleicht gut reden! Ich erklär's dir doch die ganze Zeit, ich hab ihn einfach nicht gehört. Er hat sich treiben lassen. Ich konnte gerade noch in der Kajüte verschwinden.«

»Scheiße!« Ein Tauchermesser poltert auf die Planken, ein Bleigewicht folgt. »Was jetzt?«

»Wie: ›Was jetzt?‹ – Ist doch wohl klar! Oder meinst du, er hockt bloß da drinnen, weil es regnet? Spätestens morgen früh weiß ganz Gozo Bescheid.«

»Aber er kennt die *Gracia* nicht!«

Ein mitleidiges Lächeln. »Mein intelligenter Sohn!«

»Schon gut.« Es klingt merklich gereizt. »Was schlägst du also vor?«

Zwei Köpfe werden zusammengesteckt. Der Taucher beginnt zu nicken, erst zögerlich, dann heftiger. »Ja, das sollte funktionieren, der Pfad führt genau über die Öffnung.«

»Es *muß* klappen, mein Lieber! Wenn bekannt wird, daß

wir hier nachts *selbst bei diesem Sauwetter tauchen*, können wir die Sache ein für allemal vergessen – außerdem hat er mitgekriegt, aus welcher Richtung du hergeschwommen bist!«

»Ja, ich habe die Lampe angehabt.« Der Taucher streift die Schwimmflossen ab. »Die kann ich beim Klettern nicht gebrauchen!« Er schlüpft in Tennisschuhe. »Gib mir jetzt mal die kleine Flasche für die paar Meter, und . . .«

Ein plastikumwickelter Gegenstand wird ihm zugesteckt. »Wirklich nur, falls du danebenwirfst!«

»Ist der Dämpfer drauf?«

»Ja, drück ihn noch mal richtig fest.«

Der Taucher klettert über eine Stelle der Reling, die von der Grotte nicht eingesehen werden kann und verstellt den Riemen an seiner Brille. »Fahr bloß nicht weg, bevor ich genau über der Einfahrt bin und dir das Signal gebe.« Er testet das Mundstück.

»Geht klar. Blink dann zweimal kurz. – Und dreimal lang, wenn ich dich abholen soll.«

Der Taucher hebt den Arm, als Zeichen, daß er verstanden hat und läßt sich lautlos ins Wasser gleiten.

Lolys blau-orange-grünes Boot im Schlepp, manövrierte die *Gracia* durch die Untiefen vor Ta Cenc und entfernte sich in Richtung auf eine neue, tiefschwarze Regenwand, die von Tunesien nahte. Als die ersten dicken Tropfen fielen, zog ein Mann in dunkelgrünem Neopren-Anzug die Dghajsa dichter an die Jacht heran und sprang hinüber.

Der mittlere Teil von Lolys Boot war mit einer Persenning aus nachtblauem Leinen überspannt. Leinen, gummiert und verhältnismäßig wasserdicht. Unter dieser Plane lag der Garnelenfischer. Sein Gesicht ruhte auf einem Reservekanister Dieselkraftstoff.

Der Mann im Thermoanzug griff in den Anorakkragen und

hob Lolys Kopf an. Er stellte den Pappkarton, den er beim Durchsuchen der Dghajsa unter einer Luke im Spritzdeck gefunden hatte, auf den Kanister und ließ den Jackenkragen wieder los. Er hatte sich schon bei der Pawlus Grotto vergewissert, als er den wuchtigen Kalksteinbrocken über Bord geworfen hatte, ob die böswilligen Zungen recht hatten: Sie hatten. – Was wie gewöhnliche Jagdmunition aussah, waren sorgsam gestopfte Dynamitpatronen.

Der fallende Kopf verdrängte einen Teil des Kartoninhalts. Messinghülsen rollten über den Pappkistenrand. Der Mann bückte sich nicht danach; in der Kiste waren noch genug.

Er installierte eine lange, primitive Lunte aus dieselgetränkter Schnur und stieg damit auf die Jacht zurück, sicherte die Dghajsa erst mit einem Bootshaken und löste dann das Schlepptau. ›Hoffentlich geht das Zeug nicht aus!‹ Die Tropfen fielen dichter.

»Beeil dich!« rief der Mann vom Steuerruder der Jacht. Der Schiffsmotor drehte hochtourig im Leerlauf. »Gleich pladdert es richtig los!«

Ein Streichholz flammte auf – die Lunte brannte. Als der Feuerstrich die Bordwand der Dghajsa erreichte, löste der Mann im Neopren-Anzug den Bootshaken. Der Steuermann hatte alles beobachtet und gab Gas. Die Jacht entfernte sich mit Höchstgeschwindigkeit.

Der Mann im Taucher-Outfit stellte sich neben den Steuermann. »Hier! Hätte sie sowieso nicht benutzen können. Der Scheißdämpfer wackelt. Mag Berettas eh nicht.«

»Ist eben ein altes Ding.« Der Mann am Steuerruder nahm das Plastikpäckchen entgegen und verstaute es in der Bordwand hinter einer Klappe mit der Aufschrift Signalpistole. »Hast du ihn eigentlich gleich beim ersten Wurf erledigt?«

Der Mann im Neopren-Anzug nickte. »Er war sofort platt.«

»Man sagt, er hat ein Auge beim Dynamitfischen während des Krieges verloren.«

»Mit Dynamit sollte man extrem vorsichtig sein. Solche Unfälle können sich jederzeit wiederholen!«

Eine Explosion südlich von Kap Ras il-Hobs, begleitet von einem rötlichen Lichtblitz, erregte sowohl die Aufmerksamkeit der Brückenbesatzung der aus Cirkewwa heimkehrenden *Xlendi* als auch die von Sergeant Grech, der ans Ende der Mgarr-Hafenmole spaziert war, um sich nach dem Genuß von drei nahrhaften Käse- und drei Erbsbreipastizzi ein wenig die Beine zu vertreten.

Kapitän Spinelli und Sgt. Grech unterrichteten unabhängig voneinander die Küstenwache. Die Marine schickte das Wachboot C 29 in das bezeichnete Seegebiet und außerdem einen Helikopter, der den Sektor systematisch mit starken Suchscheinwerfern überflog, es aber wegen der ungünstigen Wetterbedingungen ebensowenig wie das Patrouillenboot vermochte, die Ursache der Explosion zu ergründen.

Erst in den Morgenstunden, als Regen und Wind sich gelegt hatten, barg ein Fischer aus Mgarr ein blau-orange-grünes Wrackteil mit der Nummer F 507.

Es war der Bug von Lolys Dghajsa. Das Ghajn neben der Registriernummer, das die maltesischen Seeleute ebenso wie ihre arabischen Kollegen vorne aufs Schiff malen, war auf der linken Hälfte weggesprengt.

7

Frühaufsteher werden auf Malta belohnt. Hat es nachts geregnet, klart – besonders in den Wintermonaten – der Himmel mit den ersten Sonnenstrahlen auf. Auch der Grigal, der Nordostwind, der ab Oktober beständig intensiver wird, scheint dann in den Stunden unmittelbar nach Tagesbeginn an Stärke einzubüßen.

Wer im Dunst der Frühnebel Augen hat zu sehen, sieht nicht die Frachtcontainer und Lastwagen auf den Kais, sondern die wuchtigen Festungen der Ritter vom heiligen Johannes, sieht ihre Wälle, ihre Paläste.

Balejas Wohnung an der Battery Street in Valletta gewährte einen Blick auf den Großen Hafen, wie ihn sich ein Autor, der über den maltesischen Ordensstaat schreibt, kaum geschichtsträchtiger wünschen könnte. Ein Haus mit dunkelblauen Fensterrahmen, einem zierlichen, arabischen Balkon und einer massiven Eingangstür. Messingdelphin als Türklopfer. Die tiefen Räume hatten hohe Decken und, wegen der unerträglichen heißen Sommer, bloß eine schmale Straßenfront.

Vom Arbeitszimmer im ersten Stock bot sich das Panorama der »Drei Städte«, *The Three Cities:* Birgu, Senglea und, beide verbindend, Cospicua.

Im Dämmerlicht des beginnenden Tages ordneten sich all die technischen Dinge der Neuzeit, die Kräne, Hafenschlepper, die Telegrafenmasten und Öltanks widerspruchslos der wuchtigen Silhouette des historischen Grand Harbour unter, verschmolzen auch die Umrisse unzerstörter Flakstellungen des letzten Krieges nahtlos mit den Kurtinen und Bastionen der Großmeister.

Türme, Mauern, Häuser – auch die modernen –, errichtet

aus dem allgegenwärtigen Baumaterial der Insel, aus Kalkstein. Seine Farbe dominierte mit warmer, gelber Tönung die Siedlungen und Landschaften des Archipels.

Direkt gegenüber, auf der Halbinsel Birgu, mit dem eckigen Fort St. Angelo an der Spitze, hatte der Orden während der großen Türkenbelagerung sein Hauptquartier gehabt. Zwischen Birgu und der Landzunge von Senglea hatte die Johanniterflotte geankert. Vor dem Gebäude der Malta Labour Party am Dockyard Creek waren noch immer die rostigen Eisenringe zu bestaunen, an denen die Galeeren festgemacht wurden, wenn sie von ihren *Karawanen* aus nordafrikanischen Gewässern zurückkamen, reich beladen mit Kapergut und Sklaven.

Es war mehr oder weniger die gleiche Aussicht, die Baleja als Kind vom Elternhaus in der nahen St. Anthony Street gehabt hatte, nur fehlten im Jahre 1991 die meergrauen Geschwader der Royal Navy. Tief unter Fort St. Angelo war im Zweiten Weltkrieg die Funk- und Chiffrierzentrale von Fortress Malta gewesen. Endlose, stickige Tunnel ohne Klimaanlagen.

Das Gespräch mit dem jungen Warberg im British hatte ihn noch geraume Zeit beschäftigt. Er war an dem Tag gleich vom Hotel nach Hause gegangen, weil er den Mdina-Report über die Palazzi der Città Vecchia ausarbeiten wollte. Als er seine Textskizze fertig hatte, war das Flutlicht, das die Wälle des alten Ritterforts gegenüber illuminierte, pünktlich bei Einbruch der Dunkelheit angeschaltet worden, und eine Episode war ihm wieder eingefallen, über die sich damals alle trotz Dauerbombardement amüsiert hatten, weil sie den Belagerten auf dem »unsinkbaren Flugzeugträger« erneut bewiesen hatte, daß man Italien und seinem Verbündeten besser nichts, aber auch gar nichts von ihrer Propaganda glauben sollte: *Radio Messina hatte mehrmals stolz die Versenkung von* HMS *Angelo gemeldet!*

Her Majesty's Ship St. Angelo befand sich erfreulicherweise unverändert in zentraler Position im Grand Harbour, während Baleja, noch pyjamabekleidet, aber bereits rasiert, in den Erker seines Arbeitszimmers trat und die geschnitzten Fensterläden hochklappte.

Er lebte nach einer kurzen (und heftig gescheiterten) Ehe mit sich und der Welt zufrieden als Junggeselle. Dementsprechend das Innere seines Hauses: eine Mischung aus Chaos und Pedanterie. Bücher und Aktenordner in Reih und Glied, auf dem Schreibtisch der Locher rechtwinklig zum Brieföffner. Bettlaken, Oberhemden und Socken hingegen fanden sich in den Schränken und Truhen in der Reihenfolge wieder, wie er sie von der Wäscheleine genommen hatte.

Die Küche war einigermaßen aufgeräumt, bis auf das Frühstücksgeschirr. Er aß gern, kochte aber höchst selten (zwei ältere Schwestern wohnten in Valletta, eine jüngere, in Mdina, bügelte gelegentlich auch für ihn).

Als der Teekessel pfiff, beendete er seine allmorgendlichen Yogaübungen vor dem Schreibtisch und ging hinunter in die Küche, nicht ohne vorher einen wattierten Morgenrock überzustreifen, denn eine Heizung besaßen die meisten maltesischen Häuser wegen der Seltenheit von wirklich kalten Wintertagen nicht. Der Entwurf zur Mdina-Reportage steckte in der Bademanteltasche. Gemächlich beim Frühstück etwas lesen – eine liebgewonnene Angewohnheit, die in den kurzen Wochen seines Ehelebens regelmäßig zu Verstimmungen geführt hatte:

»*Das ist ungesund, Joe!*«

»*Ja? Wieso?*«

»*Weil du dich nicht richtig auf das Essen konzentrieren kannst, wenn du dabei liest!*«

»*Ich fang aber an zu schlingen, wenn ich nicht lese!*«

»*Unsinn! Unterhalte dich lieber mit mir, dann mußt du auch nicht schlingen.*«

›Mein Gott!‹ hatte er gedacht. ›Das mir!‹ – Und prompt eine Magenschleimhautentzündung bekommen.

Genüßlich die Manuskriptseiten studierend, schlürfte er eine Tasse starken Assam-Tee und aß über dem Toaster aufgewärmte, fettige Blätterteig-Fleischpasteten. – Sein Magen vertrug nach der Scheidung alles wieder blendend.

Die Zeitung wurde durch den Briefschlitz gesteckt. Er überflog die Schlagzeilen: Jugoslawien zerfiel . . . Die Deutschen schrien wieder ungeniert und offenbar ungestraft »Heil Hitler« und zündeten Flüchtlingsunterkünfte an . . . Die Labour-Opposition erklärte sich besorgt wegen der ausbleibenden Touristen und machte natürlich die regierende Partit Nazzjonalista dafür verantwortlich . . . Ein Fischer aus Gozo war mitsamt seiner Dghajsa in die Luft geflogen, und die Polizei rätselte, wie normaler Dieselkraftstoff eine derartige Explosion hervorrufen konnte, daß von dem Schiff im wahrsten Sinne des Wortes nur Bruchstücke übriggeblieben waren.

Auf der Titelseite der ›Times of Malta‹ stand unten außerdem rechts und in Farbe eine schlichte, aber einprägsame Annonce:

DE NEVA HOMES, REAL ESTATE LTD
Specialized in houses of character (Malta and Gozo)

Baleja legte die Zeitung weg. ›Bloß Maler haben scheinbar immer Hochkonjunktur!‹ Er zog das Blatt aus dem Stapel Papier, auf dem er notiert hatte, was er, unrecherchiert, über die Casa Felice wußte. Es waren ein paar recht magere Zeilen. ›Ich muß sowieso in die Bibliothek, sehn, was die haben.‹ Ein letzter Schluck Assam, ein – von Schwester Maria – frisch gestärktes Hemd.

Ein *duttur* in Malta ohne Hemd und Krawatte? Unvorstellbar, es sei denn am Strand.

Geld für den Bäcker wurde unter der Fußmatte plaziert. Alle in der Straße machten es so.

Baleja bog mit den Loseblattnotizen in der Hand beim Grand Harbour Hotel um die Ecke, streichelte den Boxer vom italienischen Imbißrestaurant, sagte: »Na, Dicker, gut geschlafen?« und stieg die blankgetretenen Treppen der St. John Street hoch. Aus der Kirche des Heiligen Johannes ertönte ein *Te Deum*. Er bekreuzigte sich und ging weiter.

Die Glocke der St. Paul's Shipwrecked Church begann, es folgte die St. John Church, danach erst läutete die Johannes-Kathedrale. ›Zehn Uhr, jetzt wird er im Büro sein.‹ Merchants Street rechts, Baleja grüßte seinen Schreibwarenhändler, St. Lucia Street links, ein Plakat warb verspätet für Maltas XXII International Air Rally, dann wieder nach rechts durch die Old Treasury Street.

Vor einem Sportbekleidungsgeschäft grübelte er, ob sie wohl so etwas wie Skiunterwäsche verkaufen würden.

Ein schneidender Wind pfiff durch Vallettas enge, steile Straßen.

In der Nationalbibliothek am Republic Square hat das Computerzeitalter noch nicht Einzug gehalten. Wer Bücher ausleihen will, begibt sich zu den altertümlichen Karteischränken im riesigen Lesesaal, der die ganze Gebäudefront einnimmt, schreibt aus dem Katalog die Signatur der gewünschten Titel ab und vertraut sie einem Saaldiener an. Ist das angeforderte Werk älteren Datums, kann es geschehen, daß es auf einem Wägelchen mit Gummirädern aus den Archivräumen herangerollt wird, weil es zum Tragen zu schwer oder zu unhandlich ist.

Wertvolle Unikate und Handschriften dürfen nicht mit nach Hause genommen, sondern nur unter den wachsamen Blicken der Bibliotheksangestellten studiert werden. Auf vielen Tischen im Saal stehen Lesebänke: stabile Gestelle für die voluminöseren Bücher.

Unersetzliche Kernstücke der Nationalbibliothek sind die Dokumente des Johanniterordens und die fast lückenlosen Unterlagen der Universität der Selbstverwaltung des maltesischen Adels.

»Father George?« Baleja gab dem diensthabenden Bibliothekar im Vorbeigehen die Hand.

»Er ist hinten, Doktor.« Der Mann deutete auf eine unscheinbare Tür neben der Buchausgabe.

Sie führte auf einen fensterlosen Gang, der in einen großen Raum voller staubiger Regale mündete, wo ein einsamer Fotograf sich mühte, ein vergilbtes Blatt dem Zahn der Zeit zu entreißen. Baleja nickte ihm zu und zeigte auf einen hohen Stapel neben dem Apparat. »Sieht aus, als ob Sie hier eine echte Lebensaufgabe gefunden hätten.«

Der Mann seufzte. »Ich hab's mal überschlagen. Wenn ich so weitermache, bin ich im Jahre 2205 mit den *ungebundenen* Dokumenten fertig!«

Baleja lachte. »Dann will ich mal Ihre Terminplanung nicht durcheinanderbringen, indem ich Sie mit meinem Gerede von der Arbeit abhalte.« Er klopfte an die mittlere von drei Glastüren: keine Antwort.

»Suchen Sie Father George?« fragte der Fotograf.

»Ja, in der Halle hat man mir gesagt, er sei im Büro.«

»Er muß gleich wieder da sein, ich glaube, er ist bloß Tee machen gegangen.«

Father George erschien auch schon und balancierte ein Tablett. »Morgen, Joe. Alle Achtung, pünktlich auf die Minute!« Er stellte dem Fotografen eine Tasse auf den Arbeitstisch. »Ich dachte, was Warmes kann nie schaden, bei diesem Wetter. Die ist für Sie, Michael.«

»Oh, danke, Father, sehr freundlich.«

»Du trinkst doch auch eine, oder?« Der Dominikaner wartete Balejas Antwort nicht ab, sondern öffnete die Bürotür und stellte ihm den Tee auf die Lehne des reichlich verschlissenen Besuchersessels. »Paß auf, daß es dir nicht so geht wie neulich dem Bischof.«

Baleja hob fragend die Augenbrauen. »Nämlich?«

»Seine Eminenz hat bekanntlich die Angewohnheit, beim Reden stark zu gestikulieren. Schau mal, der Fleck an der Wand!«

»Tee?«

Father George schüttelte den Kopf. »Kaffee mit Milch und Zucker.«

»Seine Eminenz wollte doch nicht etwa Meister Luther nachahmen?«

Father Georges Gesicht nahm einen gespielt-strengen Ausdruck an, als er Platz nahm. Der massive Drehstuhl ächzte unter dem Gewicht des Ordensmannes, denn Father George war groß, breit und vor allen Dingen – schwer. »Seine Eminenz pflegt garantiert nicht einem Ketzer nachzueifern!«

Baleja setzte sich und balancierte vorsichtig die Tasse. »Und – fündig geworden?«

Der Dominikanermönch schob seinem alten Studienfreund ein Bündel Papiere über den Tisch. »Mehr habe ich auf die Schnelle über die Casa Felice nicht auftreiben können. Es ist sogar eine Art Familienchronik der de Nevas dabei. Recht lesbar. Ich hab sie bloß kurz überflogen, sie endet 1795, noch in der Ära Hompesch.«

Ferdinand Freiherr von Hompesch war der erste Deutsche an der Spitze des Ordens, letzter und glückloser Großmeister der Johanniter.

»Die neueren Kapitel dieser Chronik bleiben besser ungeschrieben«, sagte Baleja.

»Ja«, erwiderte Father George, »besser wäre es.« Er schien sich auch noch an den »Duce ta l'Mdina« erinnern zu können.

»Ist der Alte eigentlich schon gestorben? Mir ist so, als lebte er noch.«

47

»Vorigen Herbst«, sagte der Dominikaner.

Baleja blätterte in den Schriftstücken. »Könnte ich davon vielleicht Kopien kriegen?«

Father George zeigte nach draußen. »Michael kann das nachher machen. Noch eine Tasse?«

»Ich bin heute ein bißchen in Eile, George, wollte eigentlich sofort nach Mdina – falls ich vorher einen von den de Nevas erreiche.«

»Erzähl, daß du eine Villa kaufen willst, dann lassen sie dich gleich vor.«

Baleja lachte. »Wir lesen scheinbar die gleiche Zeitung!«

Father George nickte. »Dick auf der Titelseite, muß eine Stange Geld kosten, Werbung so zu plazieren, schon seit vierzehn Tagen. – Ruf auf jeden Fall an, wenn ich wieder was für dich tun kann!«

»Mit Sicherheit. Danke nochmals.«

»Keine Ursache. – Und Michael soll dir bitte die Sachen kopieren. Die Originale kannst du vorne an der Buchausgabe abgeben.«

Der Fotograf unterbrach bereitwillig seine Arbeit. »Geben Sie nur her. Ob ich nun im Jahr 2205 oder 2206 fertig werde, macht auch keinen allzugroßen Unterschied für die Wissenschaft.« Er schaltete das Fotokopiergerät ein. »Die auch?«

In einer Klarsichthülle steckten mehrere, zum Teil beschädigte Papierbögen. Baleja entzifferte auf einem den Namen *Warberg* und den eines *de Neva*.

»Ja«, sagte er. »Die bitte auch.«

8

Wenn es – selten genug – einmal gelang, die Ritter des hl. Johannes zu schädigen, verging wohl kaum ein Angehöriger der alteingesessenen Familien Maltas vor Mitleid mit den bornierten Ausländern, die eh keine einheimischen Adligen in ihren Reihen duldeten.

Traten sie nicht immer dreister als die unumschränkten, als die einzig wahren Herren der Insel auf, obwohl auch sie dem König von Spanien jährlich Tribut entrichten mußten? – Besaß die Università nicht sogar verbriefte und unstrittige Rechte auf Selbstverwaltung? Und mußte nicht jeder neue Großmeister, bevor ihm der Schlüssel vom Stadttor Mdinas überlassen wurde, geloben, ihre Privilegien zu achten?

All das schien die Johanniter, besonders nach dem Sieg über Suleimans Invasionsheer, herzlich wenig zu kümmern; ständig führte ihr selbstherrliches Auftreten zu Konflikten mit der lokalen Nobilità, und die war nun einmal militärisch unbedeutend.

Kastellan Paolo de Neva hatte es sich auf dem Lastensegler nach Vittoriosa bequem gemacht, und jeder konnte ihm ansehen, welchem Stand er angehörte; Edelleute aus Mdina erkannte man an ihrer kostbaren Kleidung, deren altmodischer Schnitt politisch motiviert war, denn die Università schaute bewußt rückwärts und trauerte den »guten, alten Zeiten« nach, als sie noch stärkster Machtfaktor auf dem Archipel war.

›Sie sind zugegebenermaßen mächtig, diese Kreuzritter, nur‹ – und de Neva dachte beglückt an den glänzenden Inhalt der massiven Truhe nahe beim Mastbaum – ›nur haben diesmal *sie* zur Abwechslung reichlich Federn gelassen!‹

Erst nachdem der Kastellan geprüft hatte, ob die Seeleute

unter Anleitung seines Dieners die eisenbeschlagene Holzkiste wirklich rutschfest festgezurrt hatten, war er mit sich und der Welt vollauf zufrieden.

De Neva fühlte, daß er es geschafft hatte. Am Abend noch würde er auch die zweite Hälfte des Goldschatzes sicher verborgen unter der Casa Felice wissen.

Sein Wohlbefinden wäre gänzlich ungetrübt geblieben, hätte der dicke griechische Kapitän dem hochgewachsenen Ritter mit den unverschämt breiten Schultern einen anderen Platz auf dem Lastensegler zugewiesen. Aber nein, eine Ecke unter dem Sonnensegel mußte es natürlich sein, für den jungen Herrn, und obendrein noch pausenlos Verbeugungen vor dem Grünschnabel!

›Mawmett hat vermutlich einen edleren Stammbaum als die meisten von ihnen‹, überlegte de Neva, und seine Mundwinkel zeigten es deutlich. ›Außerdem stinkt er weniger!‹ Mawmett hieß der Hofhund in der Casa Felice.

Der Kastellan war froh, die monatelange Enge des de Nevaschen Hauses auf der Gozo-Zitadelle hinter sich zu lassen und in den großzügigen Palazzo in der Città Notabile zurückzukehren. Routinemäßig war das Verwalteramt für das nächste halbe Jahr auf einen anderen de-Neva-Zweig übergegangen, ein eifersüchtig gehütetes Privileg, das die Familie seit den Tagen der Normannenherrschaft innehatte, das auch der Orden respektierte.

De Nevas einziger standesgemäßer Reisegefährte auf dem Frachtsegler – Bedienstete und Seeleute zählten nicht – hatte unterdessen seinen staubigen, roten Überwurf mit dem weißen achteckigen Kreuz zusammengefaltet auf die Deckplanken gelegt und verströmte einen Geruch, wie Leute, die in der Mittagshitze eines wolkenlosen Augusttages gerüstet und vollbewaffnet den unbefestigten Weg hinunter nach Mgarr geritten waren und die keinen Leibdiener besaßen, der bei Bedarf feuchte, mit Rosenwasser parfümierte Tücher reichte.

›Sie sollen zum Teil aus Ländern kommen, wo die Sonne im Winter nie richtig aufgeht. Ob einige deswegen so hellhäutig sind und immer gleich krebsrot werden, wenn sie sich im Freien aufhalten?‹

Der schwitzende Ritter zumindest mußte aus einer Gegend stammen, wo auch die Sonne schien. Das tiefe Braun seiner Gesichtsfarbe unterschied sich in nichts von dem der Insulaner, obwohl er blond war.

De Neva konnte seinen muskulösen Reisegefährten unverhohlen mustern, weil der, nachdem er Kettenhemd und Hüftschutz abgelegt hatte, augenblicklich eingenickt war, den Kopf auf eine speckige Satteltasche gebettet.

›Das Schwert ist miserabel, aber immerhin, die Büchse sieht ganz passabel aus.‹ – Selbst im Schlaf hielt der Ritter eine verzierte Reiterpistole umklammert. – ›Nürnberg?‹ Er beugte sich vor, um die Intarsien des Schaftes zu begutachten. ›Auf jeden Fall ein deutscher Büchsenmacher.‹ De Neva langte nach seinem Vorderlader und verglich die Einlegearbeiten. Der Vergleich fiel zu Gunsten der eigenen Waffe aus, und er legte sie mit zufriedener Miene neben sich.

Das Fährschiff näherte sich Comino und der Comino vorgelagerten kleinen Insel Cominotto. Links schäumte der Granit tal-Hut, eine Untiefe, die bei ruhiger See wie ein spielender Delphin aussah.

»Beppo!«

»Ja, Herr?«

»Bring mal den Wein!«

Der Diener brachte einen bauchigen Tonkrug mit Lederverschluß. »Hier, Herr!« Er drehte den Stöpsel heraus. »Es ist Rotwein mit Wasser aus der Helu-Quelle gemischt, Herr.« Eine schattige Quelle in einer Schlucht unweit der Zitadelle. Seltenes, weiches, süßes Wasser.

»Tatsächlich?« De Neva verabscheute das brackige Zisternenwasser, das es im Hochsommer meist nur noch gab.

51

Er trank in langen Zügen, setzte ab, sagte »Ah, gut!« und wischte sich den Mund am Handrücken. »Da, trink aus!«

»Danke, Herr.« Beppo leerte den Krug und stellte ihn wieder in den Bambuskorb zum Reiseproviant: kleine scharfe Ziegenkäse, Oliven aus Zebugg im Norden Gozos und Ftira, sozusagen nur aus Rinde bestehendes Fladenbrot.

Der Kaptan hatte es sich bequem gemacht und döste, an den Mast gelehnt. Die Ruderpinne hatte er einem Schiffsjungen überlassen.

Auf dem Wasser zwischen Malta und Gozo waren die heißen Mittagsstunden einigermaßen erträglich. Am Bug hockte ein Matrose und genoß die Brise, die ziemlich exakt aus Osten wehte. Irgend etwas blinkte in der Blauen Lagune hinter Cominotto.

Plötzlich sprang der Mann auf. »Schiffe!« Er verbesserte sich. »Galeeren!«

Das letzte Wort schrie er.

Keine Kauffahrer. Kriegsschiffe: schlank und schnell wie Hornissen, am Mast die grüne Flagge des Propheten. Der dikke Grieche erwachte blitzartig aus seiner Trance, ein Blick in die Richtung der Schiffe klärte den Sachverhalt: zwei Galeoten mit je zehn Ruder auf einer Seite. Ordensgaleeren hatten mindestens zwanzig. »Verflucht, Türken!«

Nicht gerade korrekt ausgedrückt, denn es waren eindeutig nordafrikanische Korsaren, aber zu Spitzfindigkeiten hatte Kaptan Sokrates nicht die Muße, überdies gebrauchten die Leute das Wort »Türke« von jeher als Synonym für »Pirat«.

Der Grieche rannte zwar stolpernd, aber trotz seiner Körpermasse doch unvermutet flink nach hinten, riß dem Schiffsjungen die Pinne aus der Hand und steuerte voll in den Wind. Der Segler legte an Fahrt zu.

»Das Signal, schnell!« Eine Pulverladung wurde in einem becherförmigen Steinmörser zur Explosion gebracht, wie man ihn als Böllerschußgerät bei Prozessionen und den *festas* abfeuerte. Der Knall war peitschend und vermutlich überall im Fliegu zu hören, denn das Echo von der Ta-Cenc-Steilküste und von den Cirkewwa-Felsen drüben auf Malta hallte lange nach. Ein zweiter Böller – erneut der rollende Widerhall.

Als der Ritter den Warnschrei »Galeeren« hörte, hob er schlaftrunken den Kopf. Sein blonder Haarschopf hatte das eingeprägte Wappen auf der Satteltasche verdeckt: Ein spitzgiebliger Berg und eine lateinische Inschrift, die wenig Zweifel daran ließ, daß die gekreuzten Schwerter über dem Gipfel zum Ruhme Gottes genutzt werden sollten.

»Türken!« Ein Matrose schwenkte wütend eine rostige Zimmermannsaxt. »Türken!«

Im Vergleich zu den Galeeren war das Fährschiff kein übermäßig schnelles Fahrzeug, aber jetzt dicht am Ostwind, nahm Kaptan Sokrates zügig Kurs auf die offene See, und der Abstand zwischen Fährschiff und Verfolger vergrößerte sich vorerst.

»Schnell, meine Pulverdose!«

De Neva verschanzte sich mitsamt Gewehr hinter den Frachtstücken, Beppo wetzte seinen Dolch an den Truhenbeschlägen, der Fechtstab stak im Gürtel. Die Seeleute waren zum Teil mit Schwertern, zum Teil mit langen, eisenspitzigen Bootshaken bewaffnet. Fünf Bauern, die die Passage unternommen hatten, um im Grand Harbour Gemüse zu verkaufen, hielten jeder eine Hacke umklammert, als ob sie das Holz von den Stielen auswringen wollten. Sie wußten, was sie erwartete: Alle Gozitaner hatten Familienangehörige, verschleppt, versklavt, erschlagen von Piraten. Kaptan Sokrates besaß die dritte Schußwaffe an Bord, eine Vogelflinte, aber immerhin.

Fra Adalbert von Warberg legte seine Panzerung an, lud die Pistole mit gehacktem Blei und hängte sich den roten Staub-

mantel über. »Wo ist die *Santa Barbara?*« Das Patrouillen-
schiff des Ordens in den Gewässern um Gozo hatte dreißig
Ruderpaare und galt als das schnellste Schiff der Johanniter.

Der Matrose mit der Axt sagte: »Ich habe gesehen, wie sie
früh nach Mgarr ix-Xini rein ist.«

Kaptan Sokrates stellte sich neben Fra Adalbert. »Wir müssen bloß lange genug durchhalten. Das Signal war laut genug.« Wie zur Bestätigung seiner Worte ertönte ein Kano-
nenschuß, und der Grieche, der fabelhafte Augen zu haben
schien, sagte: »Da hinten kommt sie!«

Der für Fra Adalbert kaum als solcher erkennbare Bug-
spriet der Ordensgaleere schob sich aus dem Mgarr ix-Xini-
Fjord. Auch die Freibeuter schienen das Signal gehört zu haben. Ihre Ruderer wurden energischer angetrieben. Die beiden Kriegsschiffe holten auf. Sie mußten die Fähre vor
Eintreffen der *Santa Barbara* kapern und plündern. Einem re-
gulären Linienschiff der Ritter wären die Galeoten nicht ge-
wachsen gewesen.

Während also mohammedanische Aufseher brutal auf
christliche Rudersklaven einpeitschten und dabei »Schneller,
ihr Christenhunde!« brüllten, peitschten christliche Aufseher
nicht minder brutal auf türkische Rudersklaven ein. »Lahmes
Türkenpack!«

Der Abstand verringerte sich zusehends. Die Ordensgaleere gab ein paar Fernschüsse ab, solange Verfolger und Ver-
folgte noch deutlich getrennt waren, aber die Distanz war
einfach zu groß.

Die drei Schiffe verschmolzen für die Kanoniere auf der
Santa Barbara zu einer Kontur. Die Korsaren nahmen den La-
stensegler in die Zange, Haken gruben sich in die Reling,
Holzstege folgten.

Sie kamen von beiden Seiten gleichzeitig. Ein Sheik mit
dem grünen Turban eines Abkömmlings des Propheten gab
den Befehl zum Entern: »*Allah hu akbar!*«

»Gott ist groß!« brüllte es im Chor. Ein ungleicher Kampf tobte los.

Dann passierte etwas, womit niemand gerechnet hatte. Der blonde Ritter feuerte seine Pistole ab, riß eine Lücke in die Entermannschaft, schrie »*Deus lo volt!*« – der Schlachtruf der Johanniter seit dem Heiligen Land – und sprang auf das Schiff des Sheiks. Berserkerhaft trieb er die maurischen Soldaten am Bug der Galeere auseinander, die sich augenblicklich auf ihn gestürzt hatten. »*Deus lo volt!*« Ein Hieb, und ein Pirat fiel über Bord. »*Deus lo volt!*« Einem weiteren spaltete das Schwert den Schädel. »*Deus lo volt!*« Die Korsaren wichen zurück. »*Deus lo volt!*« Fra Adalbert stürzte ihnen nach. »*Deus lo volt!*«

»Den lebend!« Der Sheik auf der erhöhten Geschützplattform am Heck deutete mit seinem Krummsäbel auf den Johanniter; lebende Ritter brachten sagenhafte Lösegeldsummen.

»Nehmt die Stangen!«

Aber ein Ritter vom Orden des hl. Johannes, der in der Lage war, einen Arm mit einem Schwert zu bewegen, war noch lange keine goldbringende Geisel.

Auf dem Lastensegler verlief der Kampf weiterhin planmäßig für die Angreifer. Kaptan Sokrates' Tod war ein schneller. Er hatte seine Flinte abgefeuert und sie dann als Keule benutzt. Zwei Gewehrkugeln, abgefeuert von der Galeere steuerbord, trafen ihn gleichzeitig. De Neva erschoß noch einen Enterer, dann wurde er niedergeschlagen. Seine Kleidung hatte ihn als Reichen ausgewiesen, und Reiche stammten aus reichen Familien, und das bedeutet reiches Lösegeld – wenn auch weniger als für Ordensritter. Der reglose Körper de Nevas wurde auf das Piratenschiff gezerrt, die Truhe und der Berg Frachtgüter in der Nähe des Mastes folgten.

Drei der Bauern waren tot. Die restlichen zwei konnten mit ihren dürftigen Hacken gegen die gutbewaffneten Krieger letztlich nicht viel ausrichten. Sie sprangen über Bord und schwammen der *Santa Barbara* entgegen.

Eine Gruppe Seeleute unter Führung von de Nevas Diener Beppo machte sich die Verwirrung zunutze, die Fra Adalbert auf der Galeere backbord angestiftet hatte, und kletterte ihm nach. Dank der Verstärkung konnte der Deutsche seine Pistole wieder laden.

»Beeilt euch, ihr lahmen Hundesöhne!« beschimpfte der Grünbeturbante seine Mannschaft. »Kappt die Seile!« Das Piratenschiff mit dem leblosen de Neva und den Beutestücken löste sich bereits von der Fähre. Die *Santa Barbara* kam jetzt zügig näher, alle Rudersklaven waren blutig gepeitscht. Kampfgetümmel nur noch auf dem Schiff des Sheiks.

»*Allah hu akbar!*«

Ein Feuerstoß stoppte die sich neu formierenden Angreifer. Die Reiterpistole Fra Adalberts hatte die Mündung einer Feldschlange, und das gehackte Blei wirkte wie Schrapnell.

»Verdammt, die Seile!« Der Grünbeturbante tobte, aber der rasende Johanniter schien unverwundbar, und dort, wo er sich mit den Verteidigern vom Fährboot festgesetzt hatte, war an die Enterhaken kein Herankommen.

»Die Seile! Die Seile!« Die *Santa Barbara* legte sich längsseits.

Die Korsaren hatten endlich lange Stangen geholt und brachten einen der Malteser nach dem anderen zu Fall. Fra Adalbert strauchelte, verlor im Gewimmel das Schwert und zog seinen Dolch. Beppo stand neben ihm, bekam das Schwert zu fassen und schlug wild damit auf die »Türken« ein, bevor er von hinten niedergestreckt wurde.

Die Ritter auf der *Santa Barbara* warteten nicht auf Enterstege und -brücken, als sie sahen, daß eine Traube Muselmanen einen der Ihren einkeilte: Sie sprangen!

»*Deus lo volt! Deus lo volt! Deus lo volt!*«

Die Ereignisse wurden später vom schwerverwundeten Fra Adalbert von Warberg in einem Brief an seine hessischen Verwandten in knappen, lapidaren Sätzen geschildert:

». . . worauf sich ein eifrig Gefecht entspann, welches nicht lange währte. Dank Gottes Gnade war es mir aber bestimmt, mit dem Leben davonzukommen. Wir befreiten einhundert Christenmenschen, darunter zwei der Unseren. Leider entkam das andere Piratenschiff.«

Davon, daß achtzehn Sklaven gemacht wurden, schrieb Fra Adalbert nichts; es war zu selbstverständlich, um besonders erwähnt zu werden.

9

Wenn der Regen nicht direkt von vorn kam, erfüllten die Scheibenwischer an Toni Vellas Heckflossen-190 D ihre Funktion zufriedenstellend, rätselhafterweise, denn die Wischblätter stammten immerhin aus dem Baujahr des Wagens.

Aber Malta und Gozo, »sonnendurchtränkte Inseln unter Einfluß der nordafrikanischen Landmasse«, waren ja wegen ihres »niederschlagsarmen, trockenen Klimas« bekannt . . .

Toni fuhr, Harry saß neben ihm, Warberg und Harrys Schwester Rita schaukelten im Fond. Zeitweilig trieb der Wind die Schauer waagerecht über die Landstraße.

Sie hustete. »Hier zieht's!«

»Soll ich das Gebläse abstellen?« Toni hantierte am Regler. Die Scheiben beschlugen augenblicklich, was den Fahrer nicht daran hinderte, den Oldtimer nach Landessitte mit Vollgas zu quälen.

Die St.-Christophorus-Plakette auf dem Handschuhfach und ein Aufkleber *Jesu jhobbni,* »Jesus liebt mich«, trösteten Warberg nur mäßig. Aus purer Höflichkeit verkniff er sich jeglichen Kommentar bezüglich Tonis Fahrkünsten. Sie erinnerten ihn stark an die der Taxifahrer von Tunis oder Kairo – und das waren durchweg keine angenehmen Erinnerungen. Er versank in den durchgesessenen Polstern der Rückbank. ›*Jesu jhobbni* oder *Allah bu akbar:* sie sind sich so verdammt ähnlich!‹

Würde man Toni auf seine nahe Verwandtschaft zu den Bewohnern Libyens oder Tunesiens angesprochen haben, auf die Ähnlichkeit in der Sprache, auf die Parallelen der Architektur, so hätte er sicherlich empört den Kopf geschüttelt und gesagt: »Aber nein! Wir sind Christen und keine Araber. Wir glauben noch, daß Jesus Allahs Sohn ist!«

Warberg wischte die Gedanken an einen vorzeitigen Verkehrstod auf der Straße von Victoria nach Qala beiseite und schaute aus dem beschlagenen Seitenfenster. »Da fährt die *Citadella*.«

Harry schien über Röntgenaugen zu verfügen. »Die *Xlendi*!«

Warberg starrte in den Regenschleier. »Stimmt, man kann sie leicht verwechseln.«

»Die *Citadella* wirkt offener an den Seiten«, sagte Toni. »Die *Xlendi* ist irgendwie kompakter.«

Rita nieste. »Wenn hier was offen wirkt, ist es diese verdammte Klapperkiste. Es zieht noch immer!«

»Die Türdichtungen sind ein wenig porös.« Vella drehte sich zu seinen Fondpassagieren um, natürlich ohne im geringsten vom Gas zu gehen. »Oder hat jemand ein Fenster nicht ganz zu?«

Rita lächelte ihn an, wie eine Gottesanbeterin ihr Opfer anlächeln mochte, bevor sie es verspeiste. »Könnten es vielleicht die zahlreichen Belüftungslöcher unter meinen Füßen sein, lieber Toni?

»Äh, es ist ein altes Auto«, sagte Toni schnell und tat, als würde er sich voll auf das Fahren konzentrieren. In jeder Kurve schwappte eine Wasserlache gurgelnd unter den Fußmatten hin und her.

»Wir sind gleich in Qala«, tröstete Harry. Er hatte den besten Sitzplatz, nur durfte er nicht aus Versehen an den Holzkeil stoßen, der das Seitenfenster fixierte, die Scheibe wäre auf Nimmerwiedersehen in der Türfüllung verschwunden.

»Ziemlicher Wellengang da unten.« Warberg wischte mit dem Jackenärmel ein Guckloch ins Seitenfenster. »Die Fähre hat ganz schön zu tun!«

»Wenn der Sturm stärker wird, leiten sie sie durch il-fliegu ta'Ghawdex um Comino herum.«

»Il-fliegu ta'Ghawdex?«

»Wir nennen die Meerenge zwischen Gozo und Comino so. Zwischen Malta und Comino heißt der Kanal il-fliegu ta'Kemmuna – *Kemmuna* ist maltesisch für Comino.«

»Aha! Und Gozo heißt bei euch Ghawdex?«

Toni nickte anerkennend. »*Tajjeb, tajjeb hafna!* Gut, sehr gut, Jost!« Er jagte den Mercedes millimeterscharf an entgegenkommenden, riesigen Lastwagen vorbei, die hochbepackt mit geschnittenen Kalkquadern waren. »Sie kommen von den Steinbrüchen hinter Qala.«

»Sehr interessant«, murmelte Warberg und versuchte sich auf die Landschaft zu konzentrieren.

Hinter Ghajnsielem stieg die Straße an. Trotz intensiver Bemühungen des Fahrers, das Gaspedal durch die Bodenbleche zu treten, wurde der Daimler langsamer. Oben sah man die ersten Häuser von Qala. Warberg drückte die Nase ans Glas. Einige Bäume hingen voller Zitronen. »Erntet die niemand?«

»Es gibt immer zu viele auf einmal. Wir haben auch welche im Garten und wissen nicht, wohin mit den Dingern. Rita hat sogar schon Marmelade eingekocht.«

»Export ist kaum der Mühe wert«, sagte Toni, »die Italiener sind billiger als wir, wegen der EG.«

»Und Frühkartoffeln?« Warberg hatte einen Kartoffelacker zwischen frischgepflügten Feldern ausgemacht. »Die müssen doch bald dran sein!«

»Frühkartoffeln sind was anderes, die werden wir los, besonders in Deutschland.«

Harry schlug Toni freundschaftlich auf die Schulter. »Dafür müßt ihr dann später im Sommer italienische importieren!«

»What can we do, Harry. Malta is very small.«

Qala lag auf einer Anhöhe, eine Siedlungsform, die einigermaßen Schutz gegen die häufigen Piratenüberfälle geboten hatte.

Eine beschirmte Gestalt überquerte mit hochgekrempelten Hosenbeinen den Vorplatz der Kirche. Toni hupte. An der Hupe war nichts auszusetzen; sie funktionierte tadellos und dröhnte wie eine Schiffssirene. Die beschirmte Gestalt hob einen grüßenden Arm.

»Father Paul, er stammt aus meinem Dorf, aus Munxar«, sagte Toni und hupte noch mal.

»Muß man machen, sonst denken sie ... jeder kennt halt jeden auf der Insel, und versippt sind sie obendrein.« Rita kramte in den Jackentaschen und fand ein gebrauchtes Taschentuch, sie schneuzte sich lautstark.

Warberg hielt ihr ein Päckchen Tempo hin. »Das hab ich auch schon mitgekriegt! Dieser Doktor Baleja hat mir die Telefonnummer von einem Verwandten in Mgarr mitgegeben, der wiederum – zufällig! – mit diesem Captain Camilleri in Nadur verschwägert ist.«

»Hat der dir eigentlich was Neues erzählen können?«

»Später«, sagte Warberg. »Das ist eine längere Geschichte.« Toni bog scharf rechts ab. »Dieser Ortsteil heißt il-Wardija, was soviel wie Aussichtsposten oder Späherplattform bedeutet.« Er verfiel in einen Fremdenführer-Singsang. »Im Krieg stand hier eine Flakbatterie. Ich weiß das genau. Mein Vater war Mitglied der Volunteer Air Defence Force ... Der Name ist aber schon älter. Wahrscheinlich gab es ganz früher mal einen Wachturm, wegen der Türken.«

Warbergs Interesse erwachte. »Lebt er noch?«

»Wer? Mein Vater? Nein, er ist vor zwei Jahren gestorben.«

Plötzlich verlor der Daimler die Bodenhaftung: Aquaplaning. Kein Wunder, die Reifen waren seit Jahren spiegelblank. Der Malteser schien es kaum zu bemerken, immerhin ging er vom Gas.

Warberg schloß die Augen. ›Und wenn du weiter so rast, mein Lieber, werden wir deinem Alten gleich in der Ewigkeit begegnen!‹

Jesus liebte die Insassen, jedenfalls schrammte der Mercedes nur leicht an einer Steinmauer entlang. Warberg wagte es, die Augen wieder zu öffnen.

»Don't worry!« sagte Toni fröhlich. »Die Kiste ist eh nichts mehr wert . . . Da wären wir.«

Das Haus der Geschwister lag von Bauerngärten umgeben am Dorfende. Eine Feigenkaktushecke umzäunte das Grundstück lückenlos bis auf einen schmalen Einlaß, durch den allerhöchstens ein Kleinwagen gepaßt hätte. Toni hielt mitten auf dem Schotterweg. »O. k. hier?«

»Ja, kannst deinen Renner so stehenlassen. Unser Nachbar kommt mit seinem Mofa noch vorbei.« Harry schlug den Jakkettkragen hoch. »Ich sprinte vor und schließ auf.« Er knallte die Wagentür zu. Der Fensterkeil hielt.

»Ein paar Meter müssen wir rennen.« Rita suchte den Hebel zum Entriegeln ihrer Tür. Er fehlte. »Ich muß auch auf deiner Seite raus, Jost.«

Es regnete nicht, es schüttete. Irgendwo bellten Hunde in der Nähe.

»Das hört sich nicht nach Dackel an!«

»Unser Nachbar züchtet Rottweiler.«

»Reizend!« Warberg betrachtete mißtrauisch den niedrigen Maschendrahtzaun vom Nachbargrundstück.

»Ach, die sind harmlos . . . So, jetzt müßte Harry langsam drinnen sein.«

»*Let's go!*« rief Toni, und alle rannten los.

Die Häuser auf Gozo haben keine Nummern, sondern Namen. Sind die Besitzer religiös, heißen sie: *Praise the Lord*, *Qalb ta Jesu* (»Herz Jesu«) und *Is-Sagra Familja* (»Holy Family«). Kunstvolle Türschilder von zufriedenen Rückwanderern aus den klassischen Immigrationsländern verkünden *God bless Canada* oder *USA – The Promised Land*.

Die Geschwister hatten das Anwesen schlicht *The Fruitgar-*

den getauft, da sich ihre Religiosität im Gegensatz zum frommen Inselvolk lediglich auf ein »kath.« in der Geburtsurkunde beschränkte.

»Geschafft!« Warberg schüttelte sich, Toni betrachtete mißmutig seine vollends ruinierten Bügelfalten, und Rita sagte: »Scheißwetter, hoffentlich ist das Feuer noch an.«

»Wir haben voriges Jahr einen Kamin einbauen lassen.« Harry hielt ihnen die Tür auf. »Ihr könnt gleich trockene Klamotten von mir haben.«

Das Erdgeschoß bestand aus einem großen Wohnraum und einer geräumigen Küche.

Warberg schaute sich um. »Nett habt ihr's hier!«

»Alles alte italienische Möbel. Harry hat sie nach und nach restauriert.« Rita unterdrückte einen Nieser. »Ich muß mich wirklich erst umziehen.« Sie stieg eine Wendeltreppe hoch.

Harry führte derweil Warberg herum. Toni schien alles schon zu kennen, er machte sich an der Hausbar zu schaffen.

»Ein Hobby von mir, das mit den Möbeln. Man kann ja nicht immer nur tauchen oder surfen.«

»Letzteres neuerdings mit einer sommersprossigen Finnin im Hotel Calypso, nicht wahr, Bruderherz?« Rita kam vielsagend grinsend die Treppe herunter, sie war in einen dicken, dunkelblauen Marinepullover und Jeans geschlüpft.

»Nanu!« sagte Harry. »Wer hat denn da geplaudert, du?« Toni verneinte.

»Toni ist unschuldig. Ich hab euch gestern in der Hotelbar gesehen.«

»Jesusmaria, aber doch wohl nicht beim Surfen!«

»Äh? Was ist?« Toni hatte die Pointe verpaßt, weil er zu sehr damit beschäftigt gewesen war, seine Nase in einen dreißig Jahre alten Dimple zu stecken.

Man hatte die ganze Zeit englisch gesprochen. Das Geschwisterpaar mit ausgeprägt deutschem Akzent, fand Warberg –

aber vermutlich war seine Aussprache auch nicht viel besser. Toni war wie die meisten Nachkriegsmalteser zweisprachig.

Im Kamin schimmerte noch Glut, Harry brachte das Feuer wieder in Gang, schob eine Eisenplatte über die Holzkohlen und brutzelte fangfrische Garnelen in Alufolie, mit viel Knoblauch und selbstgemachter Kräuterbutter. Dazu gab es grüne Nudeln und trockenen Weißwein aus der Velson Winery unten in Mgarr, Gozowein, der jung getrunken werden mußte.

»Ausgezeichnet, Brüderchen! In dir stecken ja noch andere Qualitäten als dein Surftalent.«

Harry grinste. »Bin eben vielseitig begabt.«

»Ich kann dem nur zustimmen.« Jost goß sich Wein nach. »Woher habt ihr die?«

»Unser Nachbar fängt die Dinger in der Nähe von Mgarr ix-Xini, dort, wo wir heute tauchen wollten.«

»Wirklich köstlich!« Warberg holte sich die letzte Garnele vom Grill. »Ich darf doch?«

Alle nickten gesättigt. »Iß nur!«

Toni war bereits wieder an der Hausbar mit der Whiskysammlung zugange. »Egal, was man von Loly hält. Eins muß man ihm lassen, er kennt die besten Stellen.«

»Loly?« Warberg verzehrte genüßlich sein Schalentier.

»Ihr Nachbar gegenüber«, sagte der Malteser und kam mit einem vollgestellten Tablett an den Eßtisch. Spirituosen aus aller Herren Länder.

Rita schüttelte den Kopf, als Toni ihr einen Digestif einschenken wollte. »Danke, nicht für mich. Ich leg mich jetzt lieber flach. Vielleicht geht's ja noch mal an mir vorbei. Wo sind die Aspirin? Im Bad?« Warberg bekam einen Luftkuß. »Sonst beißen dich die Bazillen. Gute Nacht, allesamt, ich versuch zu schlafen.«

»Gute Besserung!«

Harry musterte das Tablett. »Wir werden den Bakterien nicht

kampflos das Feld überlassen, Gentlemen, sondern kräftig desinfizieren. Calvados, Kaptan Vella?«

Der Besitzer der *Delfin* trank seinen Dimple aus. »Warum nicht?«

»Du auch, Jost?«

»Keine Einwände!« Warberg hielt sein Glas hin.

Der Hausherr legte Holz nach, und Toni rückte einen Sessel näher an den Kamin. Warberg schnippte eine Kippe in die Glut. »Praktisch, erspart die Aschenbecher.« Er langte nach dem von Toni reichlich bemessenen Calvados und betrachtete die Flammen. »Recht wechselhaft das Wetter bei euch um diese Jahreszeit. Vorgestern haben wir noch draußen gesessen.«

Als der Holzstoß aufloderte, streckten alle die Füße in die Richtung der knisternden Wärmequelle. »Bei mir in St. Julien hängt im Bad ein Heizlüfter, und das wär's dann auch, was meinem Hotel zum Thema ›Angenehmer Winterurlaub im Mittelmeer‹ einfällt . . . Wo bekommt ihr das Holz her? Bäume gibt's doch kaum.«

»Loly sammelt es für uns. Es ist Treibholz.«

»Was macht denn ihr Malteser – Pardon, Toni, ich meine natürlich *ihr Gozitaner* –, wenn es kalt wird?«

Toni hob lächelnd sein Glas und nahm theatralisch einen Schluck. »Ein Tröpfchen . . .« Er machte eine obszöne Geste. »Oder wir . . .«

Jost prostete ihm zu. »Aha! Verstehe, wie überall auf der Welt!«

»Es soll, wie gesagt, wieder aufklaren.«

»Wenn es morgen nicht gerade schüttet und stürmt, gehe ich runter, das Wasser ist ja noch erstaunlich warm.«

»Heute haben sie stattliche 16 Grad gemeldet!« Kaptan Vella ließ seine *Delfin* nur ungern als braches Kapital in Mgarr herumdümpeln. »In den neuen Neopren-Anzügen merkt sowieso niemand was von der Wassertemperatur. Fünf oder fünfzehn Grad, alles gleich!«

Warberg fand, daß der Malteser nicht so aussah, als ob er das jemals ausprobiert hätte.

»Und du willst tatsächlich nach der Maschine von deinem Großvater suchen?« Harry musterte die »Neuerwerbung« seiner Schwester skeptisch. »Stell dir vor, du findest ihn da unten, Skelett noch in den Stiefeln undsoweiter. ›Hallo Opa, ich bin's, dein dir unbekannter Enkel!‹ – Herzlichen Dank!«

»Sachte, sachte, meine Herren!« Warberg rekelte sich wohlig auf seinem ausladenden Ledersessel, hatte die Schuhe abgestreift und die Beine zum Schneidersitz gekreuzt. Ein dritter oder vierter Calvados fand sich in Reichweite. »Nur, weil Großvater Ernst irgendwo vor Gozo abgestürzt sein *könnte*, gehe ich wirklich nicht runter.« Er nahm einen Schluck. »Ah, gut! . . . Nein, tauchen will ich – erstens –, weil ich für meine Firma Werbefotos schießen soll, à la ›eine Schule von neugierigen Heringskönigen begleitet Sie‹; und – zweitens –, weil ich tatsächlich ein bißchen Hans Hass spielen möchte . . .«

Toni kannte den Namen nicht. »Hans Hass?«

»Ein Unterwasserforscher. Fast so berühmt wie Jacques Cousteau. Hab sogar ein Buch von ihm«, sagte Harry.

». . . und außerdem glaube ich nicht, daß nach annähernd fünfzig Jahren noch sehr viel da unten rumliegt.«

»Das würde ich nicht sagen, Jost.« Toni griff nach der Flasche und schenkte allen nach. »Im Sommer haben sie einen gut erhaltenen Scheinwerfer der *Royal Lady* beim Ausbaggern in Mgarr geborgen . . . und die *Royal Lady* ist 1942 von der Luftwaffe versenkt worden!«

»Toni hat recht. Ich habe übrigens selbst Stücke aus dem letzten Krieg gefunden!« Harry stand auf und trat an einen verglasten Schrank. »Erst dachte ich, das wäre ein alter Wekker.« Er reichte Warberg ein rundes Instrument. »Etwa eine halbe Meile südöstlich vom Xlendi Tower, in zirka zwanzig Metern.«

»Ein Barometer?«

»So was Ähnliches: ein Höhenmesser.«

Warberg buchstabierte: »M, A, C – C oder O? –, kann man nicht mehr genau erkennen, vermutlich C. Dann H und *I. Macchi* . . . klingt italienisch.«

»Exakt! Es ist der Höhenmesser von einem Macchi-Jäger.«

Warberg gab ihn an Toni weiter. »Der alte Defence-Force-Knabe heute morgen in Nadur hat von einem Dutzend abgeschossener Flugzeuge allein über Comino gesprochen.«

Toni räusperte sich. »Ich meine sogar, mein Vater hat unter ihm gedient. – Camilleri, nicht wahr? Captain.«

Warberg nickte. »Er war bis 1943 der verantwortliche Flugabwehroffizier für die Südküste von Gozo.«

»Wie bist du gerade an ihn geraten?« Harry legte das Instrument wieder an seinen Platz im Glasschrank.

»Über eine Empfehlung vom Deutsch-Maltesischen Zirkel.«

»So was gibt es?«

»Ja, in Valletta. Es scheint eine gewisse Frau Xerri dort immens beeindruckt zu haben, daß ich ein echter ›Warberg‹ bin – jedenfalls hat sie ihre Beziehungen spielen lassen.«

»Donnerwetter, du sagst: ›Gestatten, von Warberg‹, und sie stehen stramm . . . Welch Glanz in unserer bescheidenen Hütte!«

»Es waren zwar einige honorige Johanniteritter unter meinen Vorfahren«, lachte Warberg, »aber ich fürchte, ich muß euch enttäuschen. Die Glanzzeit unserer Sippe ist lange vorbei. Ziemlich verarmter Adel heutzutage, die Warbergs.«

»Oh, keine Burg mehr?«

»Burg schon, mit allem Drum und Dran, Bergfried bis an die Wolken – aber mit mindestens genauso hohen Hypotheken drauf!«

»Dann auf bessere Zeiten!« Harry prostete Warberg zu.

Toni hatte sich das Buch von Hans Hass aus dem Regal genommen und blätterte darin. »Cheers, Jost!« Er deutete auf eine farbige Unterwasseraufnahme von einem Heringskönig. »Den gibt es im Winter . . . Falls Sie morgen tauchen möchten, mein Neffe kann sich jederzeit ein paar Stunden im Hotel freinehmen.« – Ein Augenzwinkern. – »Er arbeitet im Calypso, Sie verstehen!«

»Sehr freundlich, Toni, aber ich komme ganz gut zurecht, wenn Harry dabei ist.«

»Nix da!« sagte Harry. »Du mußt zusammen mit einem lizenzierten Tauchlehrer runter. Da sind sie hier ziemlich streng.«

»Mein Neffe hat die notwendigen Diplome.«

»Keinen Zweifel!« sagte Warberg.

»Er nimmt nicht viel, Ihr Chef wird erstaunt sein . . . für Sie privat würde er es natürlich umsonst machen.«

»Natürlich, Toni, ich glaube Ihnen das aufs Wort.«

Harry zwinkerte Warberg zu. »Sei beruhigt, ich hab die Lizenz auch.«

»Äh . . . hab ich doch glatt vergessen«, sagte Vella wenig überzeugend.

Einige Runden Calvados später. Das Feuer war erloschen. Kaptan Vella hatte sich unter einer Wolldecke vergraben und schlief im Kaminsessel, er war irgendwann mitten im Satz verstummt.

Warberg und Harry teilten gerecht den Rest der Flasche.

»Geschafft!« Der Hausherr tröpfelte den letzten Calvados in Warbergs Glas. »Falls du noch was magst, es gibt jede Menge Whisky.«

»Mir reicht's langsam.« Warberg hatte während des Essens kaum Wein getrunken und fühlte sich prächtig beschwipst. »Rita hat versucht mir einzureden, ihr würdet eine Art luxuriöses Frührentnerdasein führen?«

»Wie ungeheuer charmant meine Schwester manchmal Sachen ausdrücken kann!« Harry ließ sich von Warberg eine Zigarette und Feuer geben. »Ich nenne unser Leben hier Kreativurlaub. Wir haben in Deutschland gutes Geld in Immobilien gemacht und wollten einfach mal für einige Zeit raus aus der Mühle.«

»Sehr vernünftig, wenn man das bewerkstelligen kann.« Warberg gab sich mit Harrys Erklärung zufrieden und hakte nicht weiter nach, er konnte auch so eins und eins zusammenzählen.

Was stand in der Broschüre der regierenden Partit Nazzjonalista? »Malta bietet ausländischem Kapital interessante Konditionen.« Im Klartext: »Bringt euer Geld nach Malta, unsere Banken sind diskret, und die EG-Mitgliedschaft liegt noch in beruhigender Ferne.«

›Malta, ein Liechtenstein des Mittelmeers?‹ überlegte er und dachte wütend an die nahezu kriminelle Lohn- und Einkommensteuerprogression, der er in Deutschland als gut verdienender Junggeselle unterworfen war. ›Malta? Warum nicht! Weniger auffällig zumindest als Monaco oder Luxemburg, wo die Steuerfahnder gleich im Pulk herumschnüffeln!‹

Vella drehte sich im Schlaf auf die andere Seite und produzierte tiefe, regelmäßige Atemzüge.

»Ich wollte vorhin nicht darüber reden.« Warberg machte eine Kopfbewegung zu dem Schlafenden hin. »Manche Leute reagieren merkwürdig, wenn man sie auf die faschistischen Bewegungen hier vor dem Krieg anspricht. – Und es waren nicht wenige, die den Anschluß an Italien liebend gern gesehen hätten.«

»Das waren aber nicht alles Faschisten, Jost. Italien war *die* Kulturnation für Malta, schon bevor die Ritter kamen!«

»Sicher, ist mir bekannt. Aber der alte Camilleri hat einige spannende Stories erzählt, über Saboteure und so weiter. – Und über die deutsche Flugbootstaffel in Sizilien und ihre Aufgaben. Das hat ausgereicht, um mir eine vage Vorstellung

69

von dem zu geben, was mein Großvater mit seiner Dornier – außer Wasserbomben – noch befördert haben könnte.«

»Nämlich?«

»Spione.«

»Sag an!«

»Ja, der alte Knabe in Nadur war sich dessen sogar ziemlich sicher. Manchmal hatte ich während des Gesprächs das Gefühl, daß er verdammt viel wußte für einen normalen Offizier.«

»Du meinst . . .?«

Warberg zuckte mit den Achseln. »Ist ja nur eine Vermutung. Aber ich denke, er war bei der Abwehr.«

Harry goß nach. »Den wirklich allerallerletzten!«

Warberg salutierte scherzhaft: »Zu Befehl!« Harry roch an seinem Whisky. »Die Italiener haben viel mit Mini-U-Booten gemacht. Spione abgesetzt undsoweiter. Die meisten hat man erwischt, aber vermutlich nicht alle.«

»Ich kannte noch einen Kriegskameraden von meinem Großvater, einen Piloten aus derselben Staffel. Als ich Kind war, hat er uns oft besucht – Onkel Otto.«

»Und was hat Onkel Otto dem kleinen Jost über die glorreichen Kriegsjahre erzählt?«

»Daß die tapfere Staffel 44 unzähligen Schiffbrüchigen das Leben gerettet . . . und den Sold für Rommels Truppen nach Afrika geschafft hat.«

Harry pfiff leise durch die Zähne. »Hört, hört!«

»Ja«, sagte Warberg, »Kisten vollgepackt mit REICHS-MARK – leider in Scheinen!«

»Schade«, sagte der Hausherr.

»Allein 1941/42 sind acht Flugboote verlorengegangen. *Eins* soll Gold an Bord gehabt haben. Rommel wollte damit eine Erhebung der Wüstenstämme gegen die Engländer finanzieren. Gold und Maria-Theresien-Taler. Sind ja wohl selbst heute noch gängiges Zahlungsmittel dort.«

»Du hast dich recht intensiv mit der Materie befaßt, muß ich sagen.«

»Ist halt ein Hobby von mir, die Chronik unserer Sippe.«

»Unser Adel«, toastete Harry seinem Gast zu, »er lebe hoch!«

»Nichts dagegen.« Warberg stand auf und merkte, daß er wankte. »Was, schon drei? . . . Ich glaube, ich schlafe auch hier unten.«

» Gesünder wär es.«

»Hä?«

»Meine bazillenversprühende Schwester«, sagte Harry.

»Mich kriegen die nicht, bei der Desinfektion! – Nee, die Wendeltreppe macht mir Angst!«

»Morgen ist ja auch noch ein Tag.« Harry grinste und warf ihm eine Wolldecke zu. »Pack dich einfach aufs Sofa.«

Die Nacht blieb unruhig, denn *The Fruitgarden* lag exponiert am Dorfrand. Eine mannshohe Kaktushecke ringsum bot zwar gewissen Schutz vor Wind und Regen, trotzdem riß der Sturm pausenlos in den Palmen, schlugen die zerfransten Blätter immer wieder klatschend an die hölzernen Fensterläden. Dicke Tropfen machten Geräusche, als würden kleine Steine gegen das Haus geworfen. Erst im Morgengrauen beruhigten sich die Elemente.

Harry war vor den anderen auf den Beinen. Beim Zähneputzen blinzelte er in eine rosa Morgensonne. Patrouillenboote der Navy kreuzten im spiegelblanken Fliegu, eine Jacht fuhr durch die Blaue Lagune, während die Fangflotte aus Mgarr Kurs auf Makrelen-Bänke westlich von Cirkewwa nahm.

Harry war in einem Alter, in dem der Kater eines mittelschweren Gelages noch mit viel starkem Kaffee erfolgreich bekämpft werden konnte. Im Bad waren keine Aspirin mehr. ›Ob Rita gestern alle . . .?‹

Jemand hupte. Für den Bäckerwagen war es zu früh. Harry beugte sich aus dem Badezimmerfenster. Ein schwarzer Polizei-Fiat kam nicht an Tonis Mercedes vorbei.

›Scheiße, die haben ein neues Steuerabkommen mit Deutschland!‹ Aber nach dem ersten Schock auf nüchternen Magen beruhigte er sich. ›Sie werden uns ja wohl kaum verhaften – und vorher hupen!‹ Der morgendliche Auftritt der Ordnungshüter schien indes den Nachbarn zu gelten.

Harry erkannte die massige Gestalt von Sergeant Grech am Steuer und öffnete das Badezimmerfenster. »Sekunde, Sergeant, komme sofort!« Er knöpfte das Oberhemd zu und ging hinunter.

Toni fragte schläfrig: »Was ist?«

»Ich brauch den Schlüssel vom Daimler.«

»Steckt.« Auf Gozo zogen nur Touristen die Wagenschlüssel ab.

Warberg hatte das Hupen auch gehört. »Ja?«

»Ich muß den Wagen wegfahren, jemand will vorbei.«

»Ach so!« sagte Warberg und drehte sich wieder um.

Die Kaktushecke hatte ihn verdeckt, neben Sergeant Grech saß der Chief.

›Ungewöhnlich‹, dachte Harry. ›Mehr als ungewöhnlich!‹ Der Chief-Inspektor residierte normalerweise um diese Zeit hinter einem pompösen viktorianischen Schreibtisch im Headquarter oder machte eine erste Kaffeepause im Tower.

Die Polizisten hatten die Scheiben heruntergekurbelt. »*Good morning*, Mr. Kröger, wir wollten zu den Rapas.«

»Ist was . . . doch nichts Ernstes?«

Beide nickten, aber nur der Inspektor antwortete und zeigte dabei ein sehr dienstliches Gesicht.

›Auch ungewöhnlich‹, dachte Harry, ›wenn der Chief mit seinen Kollegen im Tower sitzt und lacht, kann man ihn bis zum Gran Castello hören.‹

»Fürchte ja, Mr. Kröger. Loly ist heute nacht verunglückt.«
Er sagte Loly, wie alle auf der Insel, die den Fischer kannten.

»Sein Boot ist explodiert«, sagte Sgt. Grech.«

»Ich verstehe nicht«, sagte Harry. » . . . Explodiert?«

»Vermutlich der Tank«, sagte der Inspektor. »Wir wissen auch noch nicht genau, was passiert ist.«

»Und wo?«

»Vor Mgarr ix-Xini oder Ta Cenc.«

Es dauerte, bis der Wagen ansprang, dann fuhr ihn Harry dichter an die Hecke. Der Fiat verschwand in der Einfahrt des Nachbargrundstücks. Nachdenklich ging er zurück. Toni stand in der Haustür.

»Was war?«

»Loly ist tot.«

»Loly?«

»Seine Dghajsa ist in die Luft geflogen.«

»*Zzaaa* . . . in die Luft geflogen!« Der Malteser preßte zischend die Worte, »mitsamt der Dghajsa . . . *zzaaa!*« Er wiegte den Kopf hin und her. »*Zzaaa* . . . *miskin!* Weißt du, wie er gerufen wurde? – *Dinamito!*«

»Ich begreife nicht«, sagte Harry.

»*Dinamito*«, sagte Toni, »weil er mit Dynamit gefischt hat . . . und gestern nacht ja wohl auch wieder.«

»Davon haben die von der Polizei eben keinen Ton gesagt.«

»Natürlich nicht, aber gewußt haben sie es. Alle wissen es.«

»Sie haben gemeint, der Tank sei explodiert.«

Toni schaute den Deutschen mitleidig an. »Klar Harry, der Tank. Was auch sonst! – Schon wegen der Hinterbliebenenversicherung *muß es der Tank sein!* Ein ganz gewöhnlicher Arbeitsunfall, du verstehst? Sonst zahlen die nämlich nicht! Aber so? Ein undichter Kanister zum Beispiel, mit Benzin fürs Mofa, daneben der heiße Motor, es ist windig, Loly raucht . . . Hat er geraucht? Ja? – Na also! Glut fällt von der Zigarette . . . und ›päng!‹, *finito, dinamito!*«

»Sein linkes Auge«, sagte Harry, »er war auf dem linken-Auge blind, hat das was mit . . .«

»Sicher! Eine falsch dosierte Ladung vor ein paar Jahren angeblich auf der Enteniagd passiert.«

»Schade, ich hab ihn gemocht«, sagte Harry.

»Zzaaa . . . !« zischelte Kaptan Vella. »Zzzaaa . . . !«

Sonderlich beliebt war der Garnelenfischer aus Qala bei seinen Mitbürgern nicht gewesen.

Eine halbwegs genesene Rita und ein halbwegs munterer Warberg hantierten in der Küche. An Tee war nur Earl Grey vorhanden, eine Sorte, die Warberg zum Frühstück abscheulich fand. Er nahm den pfeifenden Teekessel von der Platte. »Auch keine Beutel?«

»Nur Kamille.«

»Dann lieber Kamille, mein Magen wird es mir danken.«

Toni ging ins Bad, Harry in die Küche. »Loly hat's erwischt, vor Ta Cenc.« Er berichtete.

»Vor Ta Cenc? Meint ihr das Ta-Cenc-Hotel?« Warberg drückte den Teebeutel aus.

»Nein, die ganze Gegend westlich neben Mgarr ix-Xini heißt Ta Cenc.«

»Loly tot!« Rita bot die Zuckerdose an.

Warberg schüttelte den Kopf, sie bediente sich und nahm zwei Löffel. »Wer hätte das gedacht. Gestern hat er uns noch die Garnelen rumgebracht.«

»Gib mir mal bitte das Wasserglas, Schwesterchen.« Harry hatte die Aspirin-Packung entdeckt.

»Mir auch!« Harry und Warberg griffen gleichzeitig nach der Tablettenschachtel.

»Ihr braucht euch nicht zu streiten«, sagte Rita, »es sind noch genug da.«

Toni betrat die Küche. »Für mich bitte gleich drei!« Warberg zählte ab. »Irrtum, mehr als zwei für jeden sind nicht drin.«

10

Als Dr. Baleja die Bibliothek verließ und über den Republic Square zur Konditorei Cordina ging, dachte er nicht mehr an Skiunterwäsche. Ein freundlicher blauer Himmel lag über Valletta, und nur der Wind, der sich manchmal auf dem Platz fing und Papierreste und vertrocknete Blätter aufwirbelte, erinnerte gelegentlich daran, daß eigentlich Winter war.

Kulturbeflissene, gänsehäutige Touristen mit bläulichen Armen und Beinen fotografierten das Denkmal der Queen Victoria von allen Seiten. Baleja war nicht der einzige, der sie beobachtete. Alte Männer, die Schiebermützen keck in den Nacken geschoben, standen kichernd in einem besonnten Hauseingang. In Ermangelung eines Schals zog Baleja den Knoten seiner Krawatte fester und drehte sich mehrmals zu den abgehärteten Urlaubern um, bevor er ins Cordina trat. Ihm fröstelte vom Zusehen. ›T-Shirts und Bermuda-Shorts bei plus fünfzehn!‹ – Es überstieg nicht nur Balejas, es überstieg vermutlich das Begriffsvermögen jedes Insulaners.

Im Cordina wurden gerade Bleche mit frischen Ricottatörtchen in die Vitrinen geschoben. Er konnte nicht widerstehen. Die Bedienung brachte ihm gleich drei: zweimal Schoko, einmal Nuß.

An einem freien Tisch mit Blick zur Old Theatre Street breitete er die Fotokopien aus. Die halbnackten Touristen bogen um die Ecke und liefen dicht an der Scheibe vorbei. Die Frauen trugen tiefausgeschnittene Blusen, die Kinder liefen in Japansandalen. Baleja trank automatisch einen Schluck heißen Kaffee.

Father George hatte mehrere Archive zu den Stichworten »de Neva« und »Casa Felice« abgefragt. Die mit »CP«-Signaturen gekennzeichneten Schriftstücke bedeuteten zum Beispiel, daß es Akten des »Consiglio Populare« waren, »U« stand für »Università«, Dokumente aus den Ordensarchiven hatten ein kleines »lc« vor der Nummer: *libri conciliorum.*

Der längste Text war der Bericht Fra Jean de Tours, des Schreibers und Proviantmeisters auf der Galeere *Santa Barbara,* verfaßt für die Admiralität am 10. August 1566 mithin ein Jahr nach der Großen Belagerung.

Der Franzose schilderte militärisch-nüchtern einen Piratenangriff im Fliegu und lobte die außergewöhnliche Tapferkeit eines gewissen Fra Adalbert aus Deutschland.

Es folgte die Liste der beim Überfall Getöteten und Verwundeten. Am Ende des Berichts war vermerkt, daß der Adlige Herr Paolo de Neva »unterwegs vom Gran Castello in die Città Vecchia« von einer flüchtigen »türkischen« Galeote entführt worden sei. Man habe diesbezüglich umgehend Boten zur »Casa Felice, dem Palazzo des Herrn« geschickt . . .

Baleja vertilgte behaglich das erste Schokotörtchen. ›Adalbert? – Kann nur der Warberg mit der Grabplatte in der St. John's Co-Cathedral sein.‹ Er begann die Nußschnitte zu begutachten. ›Oder vorher noch einen Kaffee?‹

Drei Seiten – die alle die »lc«-Signatur trugen – hatte er schon in der Bibliothek mit einer Büroklammer zusammengeheftet:

Juraten der Università, Ferdinando de Guevara und Valerio Micallef, boten im Jahre 1567 dem Großmeister Jean Parison de la Valette im Namen der Familie de Neva eine Villa und Ackerland in Mosta an, um das erforderliche Lösegeld für den Entführten aufzubringen.

Die Antwort de la Valettes war ein klares »Nein« – falls allerdings die Casa Felice in der Città Notabile, der Hauptstadt, zur Diskussion stünde, würde der Orden den Kauf wohlwollend prüfen . . .

Der Brief trug keine Unterschrift, vermutlich diente er als Abschrift für die Kanzlei.

Daraufhin erwiderte ein Angehöriger der de-Neva-Sippe empört, daß die Abtretung des Palazzo undenkbar, ja sogar *ungesetzlich* wäre, da er Teil eines ewigen, unveräußerbaren Lehens der spanischen Krone an die Familie de Neva und ihre Nachkommen »bis in alle Zukunft« sei – ein deutlicher Seitenhieb also auf die wuchernden Machtansprüche der Johanniter.

Baleja überflog die Seiten, die mehr nach Steuerlisten und Katasterakten aussahen.

Plötzlich stutzte er. Er las, sorgsam, einmal, dann noch einmal.

Vor ihm lag, aus dem Jahre 1569 – drei Jahre nach dem Piratenüberfall im Fliegu – ein Brief Paolo de Nevas, Casa Felice, Città Notabile, was nur bedeuten konnte, daß das Lösegeld damals noch zügig aufgebracht worden war.

Entgegen seinem Vorsatz, nie vor Sonnenuntergang zu rauchen, bat er die Servierein, ihm Zigaretten zu holen.

Paolo de Neva schrieb an einen Neffen in Gozo, einen gewissen Emanuel, daß er soeben fruchtbare Weinberge in Dingli dazugekauft habe und beabsichtige, den Palazzo um ein Stockwerk zu erhöhen. Der werte Neffe möge sich doch in Gozo nach billigem Land umsehen. Er, Paolo, plane demnächst die dortigen Besitzungen abzurunden.

Außerdem bestätigte er, daß er ihn, Emanuel de Neva, im kommenden Herbst wie versprochen als Kastellan auf der Zitadelle abzulösen gedenke, man möge es dem Kommandanten mitteilen . . .

Die Signaturnummer lautete »AGU«, *Archiv Ghawdex Università*, ein Archiv, das vor Jahren in die Staatsbibliothek eingegliedert worden war. ›Das wird es gewesen sein!‹ dachte Baleja. ›Er meldet sich zur Festungsverwaltung zurück, und sein Neffe gibt das Schreiben in die Kanzlei. Irgendwie landet der Brief dann bei den de Nevaschen Grundakten. – Weil von Landkäufen die Rede ist? Na, wie auch immer!‹

Die bekannte Schachtel mit dem »Schiff der Wüste« wurde auf silbernem Tablett präsentiert. Baleja fingerte ein Briefchen Streichhölzer aus der Ziertuchtasche seines Blazers, zündete eine Zigarette an und überlegte leicht irritiert, woher Paolo de Neva, dessen Sippe bestimmt die üblich-horrende Ablösesumme für das Familienoberhaupt zusammengeborgt haben mußte, – woher dieser Paolo de Neva ein knappes Jahr nach seiner Rückkehr aus der »Berberei« genügend Geld für derart teure Weinberge besaß, denn er erinnerte sich, gelesen zu haben, daß die Gärten um Dingli seinerzeit zu den besten des Landes gezählt wurden.

Jemand hatte auf dem Katasterauszug den Grundriß der Casa Felice gezeichnet.

Er betrachtete die Dimensionen des Palazzos und schüttelte den Kopf. ›Hätten eigentlich total am Bettelstab gehen müssen, aber nein, sind finanziell sogar in der Lage, die Gebäude aufzustocken!‹ Er zog die ›Times of Malta‹ aus der Brusttasche und rollte die Kopien darin ein. ›Vielleicht weiß man ja in Mdina mehr!‹

Baleja war Stammgast im Cordina. Er tippte den Barmann mit der Papierrolle an. »Alessandro, könnten Sie mir . . .?«

»Sofort, Duttur!« Er reichte ihm den Apparat. »Bitte Duttur, aber wählen Sie erst eine Null.«

Baronin de Neva höchstpersönlich nahm ab.

Ja, Doktor Baleja sei jederzeit genehm. – Für die ›Times‹? – Selbstverständlich könne man auch Innenaufnahmen machen. – Ob man nicht lieber alles vorher detailliert besprechen sollte? – Nein, der Herr Gemahl sei leider nicht anwesend, er solle deswegen aber keine Bedenken haben, sie, die Baronin, wäre ohnehin kompetenter, was das Haus beträfe. – Ob gleich heute? – Sicher! – Wann? – In zirka einer Stunde? – Aber ja doch!

An der Kasse wechselte Baleja eine Zwei-Pfund-Note, um

Kleingeld für den Bus zu haben. Die alten Männer waren mit der Sonne gewandert und standen jetzt vor den Schaufenstern des Cordina.

Die nächsten bibbernden Touristen nahten schon . . .

11

Ah . . . l'Mdina, Metropole vieler Herren! »Melita« der Römer, »Melite« bei den Byzantinern. »Medina« – »Mauerumgebene« nannten die Araber die Festung auf den Ausläufern des Dingli-Plateaus.

Seit die Ritter von Birgu nach Valletta umgezogen waren, bezeichneten sie die Stadt abwertend als »Città Vecchia«, während der lokale Adel weiterhin respektvoll von der »Città Notabile« sprach, ein Ehrentitel, den ihr ein spanischer König nach erfolgreicher Abwehr eines Korsarenangriffs verliehen hatte.

Heute reden die Einheimischen von der »Schweigenden«, der »Stillen Stadt«. Straßen und Plätze haben ihr geschlossenes, mittelalterliches Ansehen bewahrt, und im Ring der Befestigungsanlagen wird kein ortsfremder Autoverkehr gestattet. Weniger als fünfhundert Menschen zählt die ehemalige Inselhauptstadt.

Mdina ist immer noch bevorzugter Wohnsitz der Nobilità, der alten Namen Maltas, der Chapelle, Sant Manduca, Testafferrata.

Ein grün-weißer Linienbus aus Valletta entließ seine Fahrgäste an der Station Saqqajja Hill unter einem bezogenen Himmel. Vor dem Stadttor wehte es heftig. Nach kurzem Fußweg wünschte Baleja, daß er zumindest einen dünnen Mantel mitgenommen hätte, und stellte den Kragen des Blazers hoch. Die ›Times‹ mit den eingerollten Fotokopien klemmte in über der Brust verschränkten Armen. Er vermeinte, ein paar Regentropfen zu spüren.

Innerhalb der Umwallung wurde es schlagartig ruhiger. Viele Häuser zeigten unscheinbare, geradezu abweisende Fassaden, verbargen aber häufig wahre Museen hinter den massiven Portalen. Häuser, gebaut zur Verteidigung. Schießscharten im Erdgeschoß.

Die Casa Felice bedeckte ein geräumiges Grundstück in der Nähe des Bastion Square. Bevor Baleja schellte, umrundete er einmal den Block. Der de Nevasche Besitz reichte im Norden bis zur Esplanade. Ein Nebeneingang – für Bedienstete und Lieferanten? – führte auf die Magazine Street im Westen.

›Wenn der Grundriß auf dem Katasterplan noch aktuell ist, existieren zwei Innenhöfe.‹ Er drückte den Knopf der Gegensprechanlage und wartete. Palazzi wie die Casa Felice hatten Flure, auf denen man gut Langstreckenlauf üben konnte. Neben der niedrigen Freitreppe des Hauptportals parkte ein älterer gepflegter Jaguar.

»Ja, bitte?«

Er nannte seinen Namen, und der Türschließer surrte. Vom Ende der geräumigen Empfangshalle eilte ihm ein Dienstmädchen entgegen, schwarzes Kleid, weiße Spitzenschürze.

»*Merhba*, Duttur Baleja! – Willkommen! Die Frau Baronin läßt bitten.«

›Wie im Film‹ dachte er, ›Irgendwie makaber! Der Orden ist vergangen, Napoleons Truppen wurden schnell verjagt, die Engländer gab es länger. Weg sind sie jetzt auch, und Malta ist eine parlamentarische Demokratie geworden, die die EG-Mitgliedschaft beantragt hat. Aber geblieben sind die Santo-Nobiles, de Nevas, de Piros und wie sie alle heißen mögen. – Werden vermutlich noch Dienstboten mit weißen Schürzchen beschäftigen, wenn die EG eines fernen Tages zerfällt!‹

Türengeklapper. Ein Rauhhaardackel rannte kläffend auf ihn zu, beruhigte sich indes, als er die Hand zum Beschnuppern hingehalten bekam, und wedelte sogar mit dem Schwanz.

Baleja bückte sich und kraulte den Hund unter der Schnauze. »Na, wer wird denn!« Der Dackel legte sich auf den Rük-

81

ken und zog die Pfoten an. »Verstehe«, sagte Baleja. Er ging in die Hocke und streichelte den Bauch.

»*Mawmett, ajja, ajja issa!*« Eine energische Stimme, die da rief, trotzdem – Mawmett blieb liegen und ließ sich weiter verwöhnen.

»Komm sofort her, Mohammed!«

Mawmett rührte sich nicht.

»Es ist meine Schuld.« Baleja erhob sich. »Alle Hunde mögen mich.« Er reichte Sinjura de Neva die Hand. »Sehr freundlich von Ihnen, mir Ihre wertvolle Zeit zu gewähren.«

Sinjura de Neva lächelte. »Ich lese regelmäßig Ihre Spalte in der ›Sunday Times‹ Doktor Baleja. Es ist mir ein Vergnügen, einen so bekannten Autor in unserem Haus begrüßen zu dürfen, besonders, wenn er Hunde mag. – Mawmett ist sonst eher scheu. Aber Ihnen scheint er ja zu vertrauen.«

Baleja machte die Andeutung einer Verbeugung und folgte ihr durch einen begrünten Innenhof. ›Man sieht den de Nevas das Alter nicht an.‹

Die Sinjura war schlank und trug Designerjeans, mochte in Wirklichkeit um die fünfzig sein, wirkte aber viel jünger. ›Wie machen sie das – lange schlafen?‹

An einem Beet mit hellblauen Schmetterlingslilien blieb er stehen. »Wunderschön, Sinjura! Die einzigen Lilien, die fast das ganze Jahr über blühen.«

Gracia de Neva nahm die Bewunderung huldvoll zur Kenntnis. »Sie wachsen seit Urzeiten hier in der Casa. – Herzlilien heißen sie. Sie finden eine stilisierte Blüte sogar in unserem Wappen.«

»Das ist mir nicht geläufig«, sagte Baleja, »aber ich meine mich zu erinnern, daß die Ärzte der Ritter aus den Zwiebeln einen kreislaufördernden Extrakt bereitet haben, der jedoch so sehr schwierig zu dosieren war, daß er aus der Apotheke des Ordenshospitals verbannt wurde.«

»Warum das?«

»Wegen Überdosierung verschieden etliche Patienten leider vorzeitig.«

»Oh, wie tragisch!«

»Ja«, sagte Baleja. »Es waren ausländische Seeleute, deshalb hielt sich der Skandal in Grenzen. Der leitende Arzt wurde zum Großmeister zitiert und verwarnt, das Medikament wurde ab dato nicht mehr verabreicht.«

»Sehr interessant«, sagte die Baronin, »wirklich! Vielleicht heißen sie deshalb bei uns immer noch Herzlilien!«

»Gut möglich«, sagte Baleja.

Mawmett umschwänzelte ihn. Das Dienstmädchen war vorgeeilt und hielt eine große Flügeltür auf. »Bitte!«

Er ließ der Hausherrin den Vortritt. Mawmett versuchte, an seinem Frauchen vorbei ins Haus zu rennen. Gracia de Neva packte ihn energisch im Nacken und drohte mit dem Zeigefinger. »Du nicht, mein Lieber! Das weißt du ganz genau!« Der Dackel trottete beleidigt zu einem Baum und hob das Bein. »Er soll nicht in den Salon. Es langt schon, wenn er die übrigen Sessel im Haus in Beschlag nimmt. – Was möchten Sie, Kaffee, Tee, einen Sherry?«

»Einen schwarzen Kaffee, falls Ihnen das nicht zu viele Umstände bereitet.«

»Ich bitte Sie! – Maria?«

»Ja, gnädige Frau?«

»Kaffee ohne alles für den Herrn Doktor. Für mich mit Milch.«

»Sehr wohl, gnädige Frau!«

Und Maria machte tatsächlich einen Knicks, bevor sie das Zimmer verließ. Mawmett versuchte hineinzuwischen, aber das Mädchen scheuchte ihn wieder in den Innenhof.

»Wir hatten früher auch Dackel. Sie wurden ›Napo‹ oder ›Bonap‹ getauft, natürlich erst *nachdem* die Franzosen vertrieben worden waren.«

Die Baronin lächelte süßlich. Die de Nevas konnten ihren

83

Stammbaum bis zu Roger II. zurückverfolgen. »Unsere Hunde hießen immer ›Mawmett‹, Duttur, aber vielleicht wäre heutzutage ›Gaddhaffi‹ zeitgemäßer?«

›Mit Sicherheit werden die de Nevas, de Cordobas und d'Olivarys auch das Regime des libyschen Obersts überleben‹, dachte Baleja und setzte sich auf den angebotenen Sessel. ›Venezianisch? 18. Jahrhundert?‹ jedenfalls keine Imitation. Er schaute sich um. »Ein Haus von dieser Größe zu unterhalten stelle ich mir schwierig vor, Sinjura.« *Baronin* kam nicht über seine Lippen. Er war immerhin zahlendes Mitglied der Malta Labour Party.

Gracia de Neva winkte ab. »Wir haben Probleme wie alle Hausbesitzer, nur eben potenzierter.«

›Vermutlich wirklich bloß eine Frage der Sichtweise‹, dachte er mit einem Anflug von Neid. ›Allein das Säubern der Vorhänge und Wandteppiche würde eine Chemische Reinigung reich machen.‹

Die Wände des Salons waren von der Decke bis zum Boden mit alten Gobelins verziert. Hinter einigen mußten sich Türoder Fensteröffnungen befinden, denn als das Dienstmädchen die Getränke brachte und die Flügeltür aufmachte, bauschten sich die Stoffe im Luftzug. – Er entrollte die ›Times‹ und glättete sie. »Ich beabsichtige, wie vorhin bereits am Telefon angedeutet, eine dreiteilige Serie über Mdina-Palazzi zu schreiben und hatte in dem Zusammenhang vor, einige historische Daten über die Familie de Neva mit einzuflechten. Sehen Sie, dieses Material habe ich aus der Staatsbibliothek.«

»Sie gestatten?« Sinjura de Neva setzte eine Lesebrille auf und griff nach den Fotokopien.

Sie einigten sich auf einen Termin für die Innenaufnahmen, die Fotokopien wurden wieder in die Zeitung eingerollt. Man tauschte die üblichen Höflichkeiten zum Abschied aus, er im Stehen, sie im Sitzen. »Maria wird ein Taxi rufen.«

»Nein, danke, wirklich nicht nötig, machen Sie sich bitte keine Umstände.« Er deutete auf eine laut tickende Standuhr. »Wenn die richtig geht, bekomme ich noch bequem den 15-Uhr-Bus zurück.«

»Wie Sie meinen! – Maria?«

Das Mädchen mußte hinter der Tür gewartet haben, es erschien im Nu.

»Bitte begleiten Sie den Herrn Doktor zum Ausgang.«

Maria knickste. »Sehr wohl, gnädige Frau.«

Mawmett wartete im Hof und wurde noch einmal ausgiebig gekrault.

Die Tür hatte sich kaum hinter Baleja geschlossen, als ein Vorhang zur Seite glitt.

»Nun?«

Sie zuckte mit den Achseln. »Ich hatte den Eindruck, daß er tatsächlich wegen der Reportage hier war.«

Georgio de Neva schüttelte den Kopf. »Du unterschätzt ihn, Gracia! Diese Journalisten sind gerissen. Er hat dich lediglich geschickt testen wollen.«

»Unsinn, du hast doch gehört, worüber wir gesprochen haben!«

»Sag an! Und was für eine Zeitung war das, mit der er andauernd herumgewedelt hat?«

»Die ›Times‹ von heute. Warum?«

»Und, hast du sie schon gelesen?«

»Nein.«

Er griff in die Gesäßtasche und entfaltete das Titelblatt. »Da, schau mal genau hin!«

Gracia de Neva erbleichte. »›Explosion im Fliegu‹ . . . Du . . .?«

»Er hat die Zeitung doch so vor dich gelegt, wie ich jetzt, oder? . . . Daß dir die ›Letzte Meldung‹ geradewegs ins Auge springen mußte, nicht wahr?«

Sie faßte sich wieder, atmete tief ein und schüttelte dann

85

energisch den Kopf. »Schon, aber das kann nun wirklich reiner Zufall sein, schließlich lesen viele Leute die ›Times‹ – wir zum Beispiel!«

Georgio de Neva trat an ein Fenster, das auf den Innenhof zeigte, trommelte einen Augenblick mit den Fingerspitzen gegen die Scheibe. »Wahrscheinlich hast du recht, und es war wirklich bloß Zufall. Ich bin allerdings dafür, daß Alfredo von jetzt an ein Auge auf ihn hat, damit wir nicht irgendwann doch noch eine unliebsame Überraschung erleben. Du vergißt, der alte Baleja war seinerzeit ein hohes Tier bei der Regierung!«

»Jetzt übertreibst du aber, Georgio. Das liegt alles fast ein halbes Jahrhundert zurück! Ein paar Leute werden sich noch vage erinnern können, daß dein Vater bei der Voluntary Coast Guard war und schwer verwundet wurde, aber mehr?«

»Ich hoffe«, sagte der Baron. Es klang nicht sehr überzeugt.

»Wo steckt Alfredo eigentlich?«

»Er hat den Landrover genommen und ist neue Sauerstoffflaschen holen.«

Gracia de Neva trat an den Sekretär und entnahm einer Schublade ein leinengebundenes Notizbuch. »Das sollte euch interessieren.« Sie schlug das Buch auf, eine mit Rot gekennzeichnete Stelle.

»Zeig mal her.«

»Gleich erste Zeile.« Sie legte den Zeigefinger auf den markierten Textabschnitt. »Dein Vater hat hier und da ein paar merkwürdige Begriffe gebraucht. Er hat zum Beispiel geschrieben, eine von den Kassetten würde ›Gelbkreuz‹ enthalten.«

»Ja?«

»Ich habe herausgefunden, was ›Gelbkreuz‹ ist. Es ist ein deutsches Wort.«

»Und?«

»›Gelbkreuz‹ ist ein Kampfgas.«

»Wie . . .?«

»Du hast richtig gehört: Kampfgas, ein Hautgift, um präziser zu sein!«

Der Baron kniff die Augen zusammen und sagte nichts.

»Immer noch wirksam, Georgio! Ich hab im Kriegsmuseum angerufen.«

De Neva klappte das Buch zu. »Deswegen! Ich habe andauernd gerätselt, warum der Alte nie versucht hat, das Zeug selbst hochzuholen. Er muß befürchtet haben, daß die Kassetten durchgerostet waren – schließlich ist er erst nach Fünfundvierzig aus dem Lazarett entlassen worden. Drei Jahre im Salzwasser können vermutlich schon reichen, um die Behälter anzufressen. – Keine Sorge, ich erkundige mich umgehend, wie gefährlich das Zeug tatsächlich noch ist, bevor ich Alfredo erlaube, wieder in der Höhle zu tauchen.«

Alfredo war der letzte männliche de Neva.

Der Baron gab seiner Frau das Buch zurück. »Ich find's übrigens leichtsinnig, Vaters Aufzeichnungen hier im Sekretär aufzubewahren.«

»War ja nur für heute, weil ich im War Museum angerufen habe. Wenn Maria gegangen ist, bring ich sie wieder in den Tresor.«

Mit »Tresor« bezeichnete die Familie de Neva einen winzigen Raum mit perfekt getarntem Zugang im labyrinthischen Keller unter dem Palazzo, den schon die Häscher der Inquisition und die plündernde Soldateska Napoleons übersehen hatten.

12 _____

Das Gran Castello gab zuerst Alarm, hoch-tief-hoch-tief. Sekunden später heulten überall die Sirenen. Es war das dritte Mal in der Nacht, und dementsprechend entnervt suchte die Zivilbevölkerung wieder die Schutzräume auf.

Männer der Voluntary Air Defence rannten zu den Bofors und Pom-Poms, Suchscheinwerfer wurden in Position gedreht, aber die Wolkendecke über Malta und Gozo blieb auch für sie undurchdringlich.

›Ich werde mich nie an dieses Geräusch gewöhnen.‹ Lieutenant Camilleri schaltete das Radio ein: »... dichte Quellbewölkung im zentralen Mittelmeer ...«

Die Spitfires in Luqa und Hal Far würden keine Chance haben, den Feind schon vor den Inseln abzufangen.

Er rief nach dem Sergeant.

Bei Ausbruch der Kampfhandlungen waren alle noch wie Zuschauer auf die Dächer gestiegen, um besser zu sehen! Die Leute hatten die silbernen, brummenden Punkte der Regia Aeronautica am Himmel des 11. Juni 1940 einfach nicht ernstgenommen, denn die verheerende Wirkung moderner Vernichtungswaffen war ihnen bislang erspart geblieben.

Sicher, es gab Fotos von zerstörten Londoner Straßen in den Zeitungen, aber was hatte das mit Malta zu tun? London war weit weg, und die Malteser waren der festen Überzeugung: Das katholische Italien würde niemals das katholische Malta angreifen!

»Unsere maltesischen Brüder und Schwestern«, hatte Mussolini seit Jahren einschmeichelnd verkündet, »sind unsere engsten Verwandten im ›Mare Nostrum‹!« – und man bombardiert doch keine Verwandten! – Hier und da ein we-

88

nig Säbelrasseln wegen der Engländer – verständlich –, aber Krieg?

Hoch-tief-hoch-tief. Luftschutzwarte mit abgeblendeten Taschenlampen und Trillerpfeifen trieben die Nachzügler zur Eile an. Seitdem Teile der deutschen Luftwaffe nach Sizilien verlegt worden waren, um »Operation Herkules« vorzubereiten, sprich: Malta invasionsreif zu bomben, riskierte niemand mehr, sich die Luftkämpfe vom Dachgarten aus anzuschauen: Stukas behandelten auch heubeladene Eselfuhrwerke als lohnende Ziele.

»Sergeant?«

Der Unteroffizier betrat den Kommandobunker.

»Italiener, Sir. Man hört sie kaum!«

Eine Spezialität der Regia Aeronautica waren Flächenbombardements aus großer Höhe.

Der Lieutenant blickte durch ein Periskop. Nur die Feuerleitstellen waren damit ausgestattet. »Sie nehmen sich Luqa vor. Sehen Sie selbst, Sergeant!«

Über dem Flugplatz drüben auf Malta lag ein rötlicher Schimmer.

»Ein Treibstoffdepot, Sir?«

Lieutenant Camilleri schüttelte den Kopf. »Sie haben hellere Leuchtspurgeschosse als wir, Sergeant.«

›Und moderne Flaks!‹ dachte der Sergeant. ›Daß uns unsere ausgeleierten Spritzen nicht längst um die Ohren geflogen sind, ist ein Wunder!‹

»Sagen Sie den Leuten, sie sollen die Bofors-Zwillinge unter Wolkenhöhe vorjustieren, Sergeant. Irgendeiner von den Spaghettis wird bestimmt wieder seinen Mist hier abladen.«

Der Sergeant salutierte und lief zu den getarnten Geschützen zwischen den Obstbäumen. »Befehl vom Lieutenant, alle . . .«

So mancher Pilot, der das erbitterte Sperrfeuer über dem

Grand Harbour und den Flughäfen einmal erlebt – und über-
lebt – hatte, wagte sich fortan nur noch mit einer wendigen
Maschine nach Malta und klinkte deshalb einen Teil der Bomben im Tiefflug über Gozo aus, wo das Abwehrfeuer geradezu
harmlos war, verglichen mit dem, was sie »drüben« erwartete.

Der Sergeant kam zurück. »Alles klar, Sir, die Männer sind
bereit . . . Bei einem von den schweren Maschinengewehren
klemmt allerdings der Munitionseinzug. Vella und Fenech
versuchen es zu reparieren.«

Das MG deckte einen Sektor Steilküste und die davorlie-
gende Wasserfläche ab.

»So? . . . Na o. k., machen Sie mir gleich Meldung, wenn
die fertig sind.«

Der Sergeant salutierte.

Emanuel Vella und Cikku Fenech waren mit ein Grund, daß
Lieutenant Camilleri die Ta-Cenc-Stellung oberhalb von
Mgarr ix-Xini befehligte.

*»Ich habe sie immerhin als engagierte ›Anschlüßler‹ in der
Kartei«, hatte der Oberst gesagt und gehustet. »Bei solchen
Leuten sind wir lieber etwas wachsamer!«*

*Die Zentrale vom militärischen Abwehrdienst befand sich
in einem feuchten, stickigen Tunnel tief unter Fort St. Angelo.
Alle waren dort erkältet. Die Sekretärin vom Oberst, bei der
er sich zum wiederholten Mal identifizieren mußte, hatte
auch gehustet.*

»Gibt es irgendwelche bestimmte Verdachtsmomente?«

*»Nichts Konkretes, Camilleri. Aber wir haben in Erfahrung
gebracht, daß etwas im Busch ist.«*

*Pietru de Bolacci, maltesischer Möchtegern-Quisling, hat-
te seine Landsleute am Morgen über Radio Roma zu aktivem
Widerstand gegen die »britische Besatzungsmacht« aufgeru-
fen. Nach der Propagandasendung waren dann erstmalig
verschlüsselte Botschaften ausgestrahlt worden . . .*

»Sir?«

»Sergeant?«

»Es lag am Patronengurt, nicht am Schloß. Das MG ist wieder schußbereit. – Dafür scheint aber was mit der Pom-Pom nicht zu stimmen, das heißt, mit der Schwenkvorrichtung, Sir, genauer gesagt: der vordere Zahnkranz. – Erstaunt mich auch nicht, bei dieser alten Spritze, wenn Sie mir die Bemerkung gestatten, Sir.«

Lieutenant Camilleri nickte. »Sie haben vollkommen recht, Sergeant. Es sind völlig ausgelutschte Dinger aus den Kolonien, die sie uns großzügigerweise überlassen haben. Gehören eigentlich ins Museum.« Er griff nach seinem Helm.

Ein Netz von abgedeckten Splittergräben verband die verstreuten Stellungen auf der felsigen Anhöhe. Der Sergeant leuchtete. Lieutenant Camilleri zog den Kinnriemen fest.

›Hier geht in letzter Zeit auffällig viel kaputt!‹

Die beiden Männer in dem mit Sandsäcken bekränzten MG-Nest teilten sich eine Players.

»Kann mir echt was Schöneres vorstellen, als jetzt da unten rumzuschippern!« Cikku Fenech reichte die Zigarette weiter und spuckte aus. Kriegstabak: trocken und krümelig. »Hat er dir wenigstens gesagt, was er heute nacht vorhat?«

Emanuel Vella schüttelte den Kopf. »Er meinte, es wäre sicherer für uns, wenn wir nicht alles wissen würden. Wir sollen sie nur wieder warnen, falls die *Perla* überraschend aufkreuzt.« Er gab den Stummel zurück.

Als Warnsignal für den Kutter war abgemacht worden, in einem bestimmten Rhythmus auf ein imaginäres Flugzeug zu schießen.

Fenech schnaubte verächtlich. »Was soll der Scheiß: ›*Es wäre sicherer für uns!*‹ – Wenn einer von uns erwischt wird, kriegt er eh die Kugel!«

Emanuel Vella nahm einen letzten Zug, der ihm fast den

Zeigefinger versengte, und trat die Kippe aus. »Quatsch keinen Mist. Bisher ist schließlich alles glattgelaufen.«

»Mag sein, Manwel. Ich werde trotzdem so ein ungutes Gefühl nicht los. Der Lieutenant und dieser Sergeant zum Beispiel – einer von denen schleicht dauernd um uns rum, ist doch nicht normal, oder?«

»Du phantasierst, Cikku! Reiß dich zusammen, die Befreiung kann jeden Tag erfolgen!«

»Befreiung« nannte der militante Kern von den »Anschlüßlern« die täglich erwartete Invasion der Achsenmächte.

Plötzlich gab es zwei gedämpfte Explosionen wie von krepierenden Wasserbomben, und ein Motorengeräusch wurde immer lauter. Cikku Fenech, der sich auf die Sandsackkrone gelehnt hatte, setzte das Nachtglas an. Ein dröhnender Schatten raste direkt auf ihn zu.

Dem italienischen Reggione-Bomber gelang binnen einer Minute, was die konzertierte britisch-maltesische Spionageabwehr seit Monaten versuchte: die Liquidierung der fünften Kolonne Benito Mussolinis.

Als Comandante Pantallone die schützende Wolkendecke verließ und im Tiefflug auf Gozo zubrauste, entledigte er sich vor der ansteigenden Südküste der verbliebenen schweren Splitterbomben, die sein Flugzeug so träge machten. Dann drückte er den Steuerknüppel energisch nach unten und war Sekunden später über der Bergkuppe von Ta Cenc. Spärliches Abwehrfeuer schlug ihm entgegen.

Comandante Pantallone klinkte zwei Luftminen aus, wo die Aufklärungsstaffel die neuen Zwillingsflaks ausgemacht hatte, und drehte nach Osten, Richtung Ghajnsielem, ab.

13 _____

Der kalte Grigal war nach drei milden Tagen zurückgekehrt und hatte die belebten Hafenpromenaden von Valletta entvölkert. Im Nordosten nahm der Himmel eine bedrohliche, bleigraue Färbung an, und selbst die abgehärtetsten englischen Urlauber flüchteten sich vorsorglich in Cafés oder Bars, wo sie vor Propangasöfchen hockten und mit mürrischer Miene in dampfende Teetassen bliesen oder an Brandy nippten.

Ein einsamer Fußgänger trotzte den Fährnissen der Elemente: Joseph Baleja machte seinen Rundgang bei jedem Wetter. Lower Barracca Garden, Fort St. Elmo, War Museum, French, English, German Curtain . . .

Im Hafenbecken vor dem French Curtain lag eine vollgelaufene Dghajsa, und er war neugierig stehengeblieben. Eine Gruppe Fischer versuchte, das Schiff mit Hilfe einer quietschenden Seilwinde auf den Quai zu ziehen. Es waren stämmige, untersetzte Männer in dicken Marinepullovern und Ölzeug, deren kehlige Zurufe sich mit dem Geschrei der Möwen vermischten. Weiter hinten, näher am Kriegsmuseum, stand ein Landrover. Der Fahrer war an die Brüstung getreten und beobachtete gleichfalls den Bergungsversuch der Fischer.

Baleja schlug den Mantelkragen hoch und stemmte sich gegen den Wind. Der Landroverfahrer kletterte wieder in sein Fahrzeug.

Ein betagter Mini Cooper, gelbes Leihwagennummernschild, umfuhr schlenkernd die noch geöffnete Tür des Geländewagens und bremste geräuschvoll neben Baleja. Das Seitenfenster wurde heruntergekurbelt.

»Kann ich Sie irgendwohin mitnehmen, bevor Sie nach Afrika fortgeweht werden?«

»Nanu – nicht mehr in Gozo?«

Warberg stellte den Motor ab, stieg aus und schüttelte die ihm entgegengestreckte Hand. »Ging leider nur bis gestern. Gozo gefällt mir nämlich fast noch besser als Malta. Aber ich hatte heute früh einen wichtigen Termin im Tourist Office, den ich nicht verschieben konnte. – Sie vergessen, meine Firma hat mich zum Arbeiten hergeschickt!«

»Ja, natürlich!« Baleja erinnerte sich vor allem mit einem leichten Anflug von Neid an die attraktive Begleiterin des Deutschen.

»Ich will jetzt zur Nationalbibliothek«, sagte Warberg und deutete mit dem Daumen über die Schulter. »Eben im Kriegsmuseum gab es nicht berauschend viel Material über die deutschen Marineflieger auf Sizilien.«

»Die meisten Publikationen, die den Zweiten Weltkrieg ausführlicher behandeln, sind in der Bibliotheca ta Malta, das ist richtig. – Jetzt gleich, sagten Sie?«

»Ja. Wollen Sie mit?«

Die graue Wand am Horizont war drohend näher gekommen.

»Hmm, warum eigentlich nicht? Ich müßte auch noch ein paar Sachen nachschlagen.«

Im Gegensatz zu dem hochgewachsenen Deutschen bestieg Baleja den Mini ohne Verrenkungen.

Sie überholten ein *karozzin* mit zwei eingemummten Touristen. Der umsichtige Kutscher hatte dem Schimmel bereits einen Regenschutz übergelegt.

Als der Landrover dicht hinter dem Mini an dem Fuhrwerk vorbeizog, sah Warberg im Rückspiegel, wie das Pferd leicht scheute. »Sind Sie noch mit der Mdina-Reportage beschäftigt?« Er lenkte den Morris links in die St. Lucia Street. Der Landrover folgte.

Baleja nickte. »Es soll ja eine ganze Serie werden, und das erfordert doch mehr Recherche, als man anfangs einplant. Ich habe Ihnen übrigens etwas kopiert und vorhin zur Post gebracht. Konnte ja nicht ahnen, daß ich Sie heute treffen würde.«

Warberg sah eine Parklücke und setzte den Blinker. »Das macht mich aber neugierig, Doktor, was war es denn?«

»Mir ist zufällig der Bericht Ihres Fra Adalbert in die Hände gefallen, ein Brief, in dem er seinen Ordensoberen den Piratenhinterhalt schildert. Sie hatten im British kurz erwähnt . . . daß er ein schwaches Herz gehabt haben soll und das Klima hier ihm zugesetzt hatte. – Solch einen Eindruck gewinnt man nach der Lektüre dieses Berichts allerdings nicht gerade.«

»Sekunde, bitte«, sagte Warberg, »ich blockier den Verkehr.«

Der Landroverfahrer blendete kurz auf und ließ den Mini rückwärts rangieren. Warberg bedankte sich ausgiebig mit der Hupe. »So!« Er zog den Schlüssel ab. »Etwas über Fra Adalbert? – Na, das nenne aber ich eine gelungene Überraschung, Doktor.«

»Wirklich reiner Zufall«, sagte der Malteser und begann zu erzählen.

Knapp vor Feierabend war kaum noch Publikum im Lesesaal der Nationalbibliothek am Republic Square. Der Andrang, wenn man die Handvoll Besucher so bezeichnen mochte, fand erst nach Büro- oder Geschäftsschluß statt – auch auf Malta war die Video-Kultur siegreich auf dem Vormarsch.

»Falls Sie Bücher mit nach Hause nehmen möchten, kann ich sie für Sie ausleihen.«

»Sehr freundlich, danke, Doktor, aber das wird nicht nötig sein.«

Baleja wartete, bis der Bibliotheksdiener die gewünschten Werke gebracht hatte, Titel wie *Mohammedanische Hilfstruppen des Afrikakorps*, *The Rommel Papers* oder *Nachschublinien in die Cyrenaika*, und gab dann seine eigenen Bestellungen auf.

Mdinas Architektur im Spiegel der Zeiten war ausgeliehen, aber *Die Palazzi der Nobilità in Sizilien und Malta, eine vergleichende Studie* befand sich im Magazin. Der Mann an der Buchausgabe bat um etwas Geduld.

»Das macht nichts, ich bin nicht in Eile. Wissen Sie zufällig, ob Father George hinten ist?«

Ja, er sei mit Sicherheit hinten; ob er wisse, wo sein Zimmer sei? Baleja bejahte, und der Bibliothekar wandte sich dem nächsten Ratsuchenden zu.

Baleja ging zu den Arbeitstischen, wo Warberg seine Bücher ausgebreitet hatte. »Ich sage nur einem Freund, der hier arbeitet, guten Tag. Wir können dann später gegenüber im Cordina einen Kaffee trinken, falls Sie Lust haben.«

»Mit Vergnügen!« sagte Warberg. »Lange brauche ich vermutlich nicht, aber einige Daten wollte ich mir schon rausschreiben.«

Father George hämmerte im Zwei-Finger-System auf eine Vorkriegsschreibmaschine ein, die soviel Lärm machte, daß er das Klopfen überhörte und seinen Studienfreund erst bemerkte, als der sich unmittelbar vor dem Schreibtisch vernehmlich räusperte.

»Oh, Joe! Hock dich hin – ich will nur noch den Satz zu Ende tippen!« Die Tischplatte vibrierte unter den wuchtigen Anschlägen.

Baleja setzte sich auf den »Bischofssessel«. »Ein Maschinengewehr ist leiser!«

Der Dominikanerpater nickte betrübt und schob die Maschine zur Seite, als bewegte er einen leeren Pappkarton. »Was soll ich machen. Ich habe die meisten gängigen elektrischen Modelle ausprobiert, aber sie sind durch die Bank einfach nicht stabil genug für mich. Unser Herrgott hat es nun mal für gut befunden, meinen Körper so kraftvoll gedeihen zu lassen.«

Baleja mußte schmunzeln. ›Zweifellos hat *ER* es rechtens befunden, dich zumindest unsagbar massig zu gestalten!‹

Und wie zur Bestätigung reckte der Pater ihm stolz seine Hände entgegen: Pranken, geeignet zum Kohlenschaufeln.

»Die modernen Tastaturen sind außerdem zu eng. Tee?«

»Nein, danke, will gleich wieder in den Lesesaal. Ich komme eigentlich nur, um zu fragen, ob du noch was über die Casa Felice gefunden hast. Ich muß jetzt nämlich so langsam meinen Text fertig kriegen. Die de Nevas sind einverstanden, daß bei ihnen fotografiert wird. Nächste Woche geh ich mit einem Fotografen von uns hin.«

»Über die Casa ist mir nichts mehr untergekommen, aber über einen de Neva. Hab's dir schon kopieren lassen.« Er wühlte in der Aktenablage. »Hier! Die komplette Liste der Capitani della Verga und Juraten aus Mdina von 1356 bis 1815. Zirka 1570 mußt du mal nachschaun, da taucht der Name de Neva das erste Mal auf!«

»Genau 1570!« Baleja blätterte aufgeregt. »Und 1572 wieder, und 1575 auch noch mal!« Er schlug mit der Handfläche auf die Liste. »Ist mir ehrlich ein totales Rätsel!«

»Was?«

»Na, 1569 wird Paolo de Neva ausgelöst, kauft im gleichen Jahr Ländereien in Dingli und auf Gozo und plant, den Palazzo aufzustocken. Und dann das: 1570 ›Kapitän der Rute‹, oberster Repräsentant der Università! – Verrat mir doch bitte mal jemand, wo er das ganze Geld dafür hergezaubert hat.«

»Hmm, soviel weiß ich auch«, sagte der Dominikaner, »Capitano della Verga wußte nur, wer die Wahlmänner finanziell . . . äh . . . überzeugen konnte. Aber vielleicht hatten die de Nevas auch Besitz in Sizilien, den sie verpfänden konnten. War bei den adligen Familien damals ja nichts Ungewöhnliches, oder?«

»Selbst wenn«, sagte Baleja. »Eine Geisel von den Korsaren freizukaufen, das hat etliche Clans vollständig ruiniert.«

Father George machte ein betrübtes Gesicht. »Ich kenn mich im späten sechzehnten Jahrhundert nicht besonders aus, Joe.«

Baleja erhob sich. »Ich krieg das schon raus. Vielen Dank jedenfalls. – Bis die Tage, George!«

»Ciao, Joe! Du weißt: nur hereinspaziert, wenn du was brauchst!«

Im Lesesaal war der Deutsche damit beschäftigt, sich Notizen zu machen. Am Nebentisch arbeitete ein Mann in Warbergs Alter, hatte die Ellenbogen aufgestützt und hielt sich die Ohren zu.

Baleja flüsterte, wie man in Bibliotheken flüstert. »Nun, geht's voran?«

»Im Prinzip bin ich fertig. Aber vielleicht könnten Sie mir rasch helfen und einen Blick auf die maltesischen Titel werfen, die unter ›Zweiter Weltkrieg‹ im Katalog aufgeführt sind?«

»Mit Vergnügen, *young man!*« Baleja legte seinen Bildband über die Palazzi der Notabilità neben das aufgeschlagene Buch, in dem Warberg gerade geblättert hatte, und folgte ihm zu den Registraturschränken.

Der Mann vom Nebentisch wartete, bis sie am anderen Ende des Saales angelangt waren und die Kataloge sie verdeckten, dann griff er nach seinem Schreibblock und stand auf.

14 _____

Sie sind wirklich das erste Mal hier?«

Warberg hatte eine halbe heiße Ricotta-Pastizzi in den Mund geschoben, konnte deshalb nicht sprechen und nickte bloß.

Baleja setzte die Lobeshymne auf sein Stammcafé fort. »Das Cordina ist ein Muß – und nicht nur wegen der Backwaren!« Er attackierte systematisch die Kuchenstückchen auf dem Teller vor sich: Schoko-Mandel, Sahne-Erdbeer, Pudding-Kirsch . . . Reden und gleichzeitig essen bereitete ihm keine Mühe. »Zumindest für uns Journalisten ist es eine Art Institution. – Der Dicke da hinten zum Beispiel ist Staatssekretär im Erziehungsministerium, und die Gruppe dort am Fenster, das sind alles Abgeordnete der Partit Laburista, unserer SPD, wenn Sie so wollen. Cordina nach Büroschluß in Valletta und Floriana ist eine Informationsbörse ersten Rangs für meinen Berufsstand, die komprimierte Gerüchteküche von Malta par excellence!«

Warberg hatte endlich geschluckt. »Das Tower-Café drüben in Victoria scheint eine ähnliche Funktion zu haben – natürlich auf Gozo-Maßstäbe reduziert. Jeder, der es einrichten kann, schaut rein, trinkt einen Espresso, trifft Bekannte . . .«

»Wir sind halt ein kontaktfreudiges Volk«, sagte Baleja.

»Unbestritten!« Warberg schaute umher.

Das Cordina füllte sich zusehends. Geschäftsleute aus der Republic Street gesellten sich zu den Beamten der umliegenden Regierungs- und Verwaltungsbehörden. Der Lärmpegel stieg an. Trotz alledem brachte es der Mann gegenüber von Baleja und Warberg fertig, im Trubel des Kommens und Gehens und der phonstarken Unterhaltungen, seine ›Financial Times‹ zu studieren, als wäre er der einzige Gast im Café.

»Wo sind . . .?«

»Die Treppe da neben der Säule . . .«

Warberg verschwand.

Baleja schlug sein Buch auf. Den Umschlag zierte ein verblichenes Foto vom Palazzo Falzon, dem sogenannten Normannischen Haus an der Villegaignon Street von Mdina, nicht unähnlich der Casa Felice. Er überflog das Inhaltsverzeichnis und fand ein Kapitel *Landbesitz der Notabilità Siziliens und Maltas.* Es gab ferner eine tabellarische Übersicht über die Ländereien des siculomelitischen Adels und eine ganze Spalte, wo häufig der Name de Neva auftauchte, im Jahre 1471 mit Sternchen versehen. Die dazugehörige Fußnote besagte: »Nicolo de Neva veräußerte die sizilianischen Güter der Familie 1471 an den Juraten Nado de Bordina, ebenfalls Mdina.«

›Also keine Ländereien mehr in Sizilien! Woher hatten sie dann verdammt noch mal das Geld für die Wahl zum Capitano della Verga?‹ Baleja klappte das Buch zu, als Warberg sich wieder zu ihm setzte.

»Sie sehen nachdenklich aus.«

»Ich versuche ein historisches Rätsel zu lösen, mein Lieber! Bei der Recherche über die de Nevasche Casa Felice bin ich über ein paar Ungereimtheiten gestolpert. Wenn ich in der Lage wäre, Ihre Vorfahren Fra Adalbert oder Fra Sebastian zu befragen, hätte ich die Antwort vermutlich in Kürze.«

»Was haben denn meine erlauchten Ahnen mit den de Nevas zu schaffen?«

»Direkt vermutlich wenig, indirekt schon eine Menge. Als Ihr Fra Adalbert sich damals auf dem einen Piratenschiff herumschlug, wurde auf dem anderen zufällig das Oberhaupt der de Nevas nach Tunis verschleppt. Dieser Paolo de Neva war im Jahr der Türkenbelagerung Kastellan auf der Gozo-Zitadelle und wird folglich Fra Sebastian, den Onkel von Adalbert, gekannt haben. – Ich versuche nun die Quellen aufzuspüren, aus denen der de-Neva-Clan später die horrende Lösegeldsumme für Paolo de Neva aufgebracht hat. Mir ist einfach nicht klar, wie sie die Korsaren zufriedenstellen konnten und dennoch gleich nach seiner Rückkehr aus Tunis finanziell in der Lage waren, den Palazzo in Mdina prachtvoll auszubauen und . . .«

Warberg lauschte schweigend und nippte von Zeit zu Zeit an einem Johnny Walker.

». . . und dann auch noch 1570 das Amt des Capitano della Verga!« beendete der Malteser seinen historischen Exkurs.

»Vielleicht haben sie Kredit bekommen?« schlug Warberg vor.

Baleja winkte ab. »Das hätte man den Akten entnehmen können.«

»Tja . . . dann fürchte ich, fällt mir auch nichts ein, wie die de Nevas das bewerkstelligt haben könnten. Die Archive sollen ja lückenlos sein.«

Baleja nickte. » . . . Es sei denn, sie haben sich das Geld privat besorgt. Der ganze Adel von Mdina war ja versippt und verschwägert . . .«

Warberg setzte das Whiskyglas ab und blies den Rauch seiner Zigarette hinterher. Er grinste. » . . . oder die de Nevas haben meine Ururur-Onkel überredet, ihnen den Goldschatz zu überlassen, den er aus Heitersheim mitgebracht hatte.«

Der Doktor schaute den Deutschen erstaunt an. »Wie? Davon ist mir ja überhaupt nichts bekannt! Fra Sebastian soll *während* der Türkenbelagerung Gold nach Malta geschafft haben? Bringen Sie da nicht etwas durcheinander? Die letzten Geldsendungen aus Deutschland trafen im Februar 1565, also Monate *vor* der Belagerung ein. – Ich habe genau über dieses Thema mehrere Aufsätze verfaßt. – Und wenn mich nicht alles täuscht, kam die erste Spende zum Wiederaufbau aus Heitersheim erst Ende 1566, also ein Jahr *nach* Fra Sebastians Unfall!

»Pardon, aber da irren Sie! Es existiert ein Testament Fra

Sebastians, das er vor seiner Maltareise in Heitersheim aufgesetzt und nach Burg Warberg geschickt hat, woraus ganz genau hervorgeht, daß er einen Geldtransport mit Ziel Sizilien befehligen würde.«

». . . wo der spanische Vizekönig ein Entlastungsheer für Malta . . .«

»Genau! . . . wo Don Garcia begonnen hatte, Truppen zu sammeln. – Aber das ist nicht alles, denn es gibt außerdem noch einen angefangenen Brief an seinen Vater aus Gozo. Er wurde nach dem tödlichen Unfall zusammen mit den persönlichen Habseligkeiten nach Burg Warberg geschickt. Darin schreibt er, daß die deutschen Ritter in Sizilien alle dem Spanier mißtraut und ihm deshalb nicht die Kriegskasse überlassen hätten und daß er, Fra Sebastian, trotz Beinaheschiffbruch endlich wohlbehalten mit dem Gold im Gran Castello eingetroffen sei – wo keine Gefahr mehr bestünde, daß der windige Vizekönig das Ordensgeld zweckentfremde . . . Sie haben Don Garcia nicht allzu sehr vertraut, die deutschen Ritter, das klingt überall an!«

Der Malteser schnippte unachtsam die Asche neben den Aschenbecher. »Wenn es stimmt, was Sie mir eben erzählen, ist das eine historische Sensation für die Malta-Forschung . . . Daß Fra Sebastian Gold aus Deutschland gebracht haben soll, ist garantiert – nicht nur mir – absolut neu!«

»Ich meine mich sogar zu erinnern, daß das Eintreffen der Geldsendung dem deutschen Großprior schriftlich vom Kommandaten des Gran Castello bestätigt worden ist. Ein Fra von Bas oder so ähnlich.«

»Von Bes, Hans. Er starb im Jahr der Belagerung.« Baleja pustete die Asche vom Tisch. »Davon müßte dann allerdings eine Abschrift im Ordensarchiv sein, das war Usus, wenn man mit den Prioraten oder Balleien korrespondierte. – Ich werde auf jeden Fall sofort meinen Freund in der Nationalbibliothek auf die Sache ansetzen.«

Warberg winkte der Serviererin. »Jetzt kann ich doch noch einen vertragen. Sie auch?«

Zu dem Zeitungsleser gegenüber setzten sich drei Männer an den Tisch, die einen vierten lautstark begrüßten. Der Leser beachtete sie kaum, rutschte lediglich zur Seite und setzte seine Lektüre fort.

Warberg mußte die Bestellung mehrmals wiederholen, bis die Frau wegen des Lärms verstanden hatte. »Zwei Doppelte, bitte!«

Mdina trug nicht von ungefähr den Beinamen »Die Schweigende«. In der kalten Dezembernacht, als Wind und Regen die Wälle und Bastionen der hochgelegenen alten Inselmetropole umtosten, wäre selbst die Bezeichnung »Città Morte« – »Tote Stadt« – keine Übertreibung gewesen. Wer in Mdina wohnte, verließ jetzt seine Behausung nur, wenn es unvermeidlich war.

Durch die massiven hölzernen Fensterläden vor den schießschartenförmigen Öffnungen im Erdgeschoß des de Nevaschen Palazzos drang ein einziger dünner Lichtstrahl und brach sich matt im Lack eines Landrovers. Das militärgrüne Geländefahrzeug war nachlässig vor dem Hauptportal zur Casa Felice geparkt, ein Vorderrad stand auf der Freitreppe. Kleine Schatten sprangen schwerelos von Balkon zu Balkon und eilten dann pfeilschnell auf der verwitterten Mauerkrone entlang, die den baumbestandenen Innenhof des Anwesens vom Nachbargrundstück trennte.

Ein Hund bellte und wollte sich nicht beruhigen.

»Aus, Mawmett, aus! Laß die Katzen«, befahl eine Frauenstimme.

»Ich hol ihn rein, Mutter.«

Die schwere Tür zum Hof wurde weiter geöffnet, und ein junger Mann, dessen Gesichtsfarbe verriet, daß er seine Zeit nicht nur in geschlossenen Räumen verbrachte, rief streng. »*Ajja, Mawmett, ajja!* Komm sofort her, Mawmett, sonst setzt's was!« Der Dackel gehorchte widerstrebend und hüpfte dann dem Baron auf den Schoß, wo er sich grummelnd zusammenrollte. Die Tür wurde geschlossen.

»Ihr verzieht den Burschen.«

»Unsinn, Alfredo«, sagte Gracia de Neva. »Er ist eigensinnig wie alle Dackel.«

»Und scharf«, sagte der Baron. »Gestern hat er dem Tankwart fast in die Hand gebissen.«

»Baleja hat er eigenartigerweise gemocht«, sagte die Baronin, »er hat sich sogar am Bauch streicheln lassen.«

»Er hätte ihm lieber an die Kehle springen sollen!« Alfredo setzte sich in den Sessel neben seinen Vater.

»Damit wäre das Problem leider nicht aus der Welt.« Gracia de Neva sprach langsam und akzentuiert. »Der verdammte Deutsche ist schließlich auch noch da!«

»Ich begreif das alles nicht mehr«, sagte Alfredo. »Wie hat Warberg denn Kontakt zu Baleja bekommen oder, von mir aus auch, wie Baleja zu dem Deutschen?«

»Für mich sind die Fakten glasklar.« Der Baron schlug mit der Faust auf die Sessellehne, und Mawmett schreckte hoch. »Baleja und Warberg arbeiten eindeutig zusammen. Die *Delfin* von diesem Vella – der ja offenbar der Sohn von einem aus Vaters Anschlußtruppe ist – auch so ein *Zufall*, findet ihr nicht? – die *Delfin* kreuzt also seit Tagen mit Warberg zwischen Xlendi und Mgarr. Der Deutsche taucht nicht etwa wie alle Touristen in der Blauen Lagune oder sonstwo, nein, er geht besonders lange vor Ta Cenc runter! *Zufällig* trifft er heute Baleja bei absolutem Sauwetter auf dem French Curtain und fährt mit ihm zur Nationalbibliothek, wo er sich Notizen aus Büchern macht, die alle – auch wieder so ein *Zufall* – um das Thema ›Zweiter Weltkrieg-Rommel-Nordafrika‹ kreisen. Derselbe Baleja ist tags zuvor hier und hält dir wiederum *zufällig* den Artikel von Lolys Abgang unter die Nase. – Reichlich *viele* Zufälle für meinen Geschmack.«

Gracia de Neva schien nicht restlos überzeugt. »Daß Warberg und Baleja sich kennen, beunruhigt mich auch, aber was sollte das dann mit der Zeitung, das ergibt doch keinen Sinn! – Wollte er uns warnen?«

»Drohen«, knurrte der Baron.

»Womit denn?« sagte Alfredo. »In der Nacht war außer Loly kein Schwein unterwegs.«

»Genau deshalb ja! Jeder auf Gozo hat damit gerechnet, daß Loly sich früher oder später mit seiner Dynamitfischerei in die Luft jagt. Und Baleja hat jede Menge Verwandte auf Gozo, wußte folglich von Lolys Spezialität.« Georgio de Neva legte Mawmett vorsichtig neben sich und schlug die Beine übereinander. »Ich habe mir nämlich gerade überlegt, daß ihm die Explosion sehr zupaß gekommen sein könnte und er uns vielleicht gar nicht sagen wollte: ›Ihr habt Loly abserviert!‹ sondern: ›Bleibt, wo ihr seid, sonst ergeht's euch *wie* Loly!«

»Reichlich absurd«, grinste Alfredo.

»Fast makaber«, sagte seine Mutter. »Aber erklär uns mal bitte Folgendes, Georgio: Gesetzt den Fall, er hat uns wirklich einschüchtern wollen, dann muß er doch davon überzeugt sein, daß wir ebenfalls hinter dem Rommel-Gold her sind. – Und da frage ich mich, wie ausgerechnet *er* das herausgefunden haben soll.« Die Baronin schaute ihren Mann an. »Du meintest ja, er sei gerissen.«

»Ja, ich bin mehr und mehr davon überzeugt, daß er die Reportage bloß als Vorwand benutzt, um uns geschickt auf die Finger zu schaun. – Es wird schon noch ein paar Leute geben, die über die Geheimtransporte der Flugboote Bescheid gewußt haben. Ich glaube, Vater hat es im Grunde genommen deshalb, und nicht wegen der Kampfstoffe, unterlassen, die Kassetten zu bergen. Er ist offiziell zwar nie wegen seiner extrem italienfreundlichen Einstellung belangt worden, aber die Gerüchte, daß er der Kopf der ›Anschlüßler‹ war, sind wahrscheinlich bis heute nicht vollständig aus der Welt . . . Und

das würde auch zur Genüge erklären, warum Baleja hier auf-
taucht.«

»Du meinst . . .«

»Er hat mir einmal erzählt, daß er selbst *nach* dem Krieg
noch das Gefühl hatte, observiert zu werden. Der alte Baleja
war, wie schon gesagt, damals ein hohes Tier in der Regierung, und manche Gerüchte scheinen ja durchaus vererbbar
zu sein, sonst wäre wohl Vella nicht mit von der Partie.«

»Wie also weiter, Georgio?«

»Ja, wie weiter?« fragte auch Alfredo. »Irgendwie müssen
wir schließlich vor ihnen an die Kassetten gelangen!«

Mawmett knurrte im Schlaf. Georgio de Neva hob den
Dackel wieder auf seinen Schoß. Das Knurren wurde leiser
und ging in regelmäßiges Schnarchen über.

Der Baron kreuzte die Arme über der Brust. »Wir werden
folgendermaßen . . .«

Weder Frau noch Sohn unterbrachen seinen Monolog, nur
Mawmett bellte einmal im Traum, war wieder auf Katzenjagd.

15

Toni Vella hatte an dem Abend in Qala noch nicht fest geschlafen; er hatte, angenehm eingelullt von diversen Whiskies und Calvados, mit geschlossenen Augen vor sich hingeträumt. Die Germanisi hatten die Unterhaltung in ihrer Muttersprache weitergeführt. Er war erstaunt gewesen, wieviel er von dem Gespräch verstehen konnte, aber schließlich kamen seit Jahren Gäste aus Deutschland, und alle Manager des Calypso hatten – Anordnung der obersten Geschäftsleitung – deshalb regelmäßig in den ruhigen Wintermonaten Sprachkurse im Deutsch-Maltesischen Zirkel von Valletta belegen müssen.

Extrem hellhörig geworden war er, als Warberg und Harry ständig die Begriffe »Rommel«, »Gold« und »Nordafrika« benutzt hatten.

›Der Alte hat auch immer von Rommel gefaselt‹, hatte er überlegt, ›vom Krieg, von den abgeschossenen deutschen Flugzeugen und den Kampfschwimmern der Royal Navy, die danach im Fliegu getaucht haben – getaucht *wonach eigentlich?*‹ Vella hatte Harry und Warberg aus den Augenwinkeln beobachtet, ohne sich zu bewegen. Die hatten einen letzten Drink gekippt, und der Hausherr war bald darauf in sein Zimmer gegangen. Warberg hatte es sich auf dem Sofa bequem gemacht. ›Ich sollte mich vielleicht demnächst eingehender für ihre Aktivitäten interessieren! – Unterwasserlandschaften für deutsche Touristen *testen*‹, hatte er noch kurz vor dem Einschlafen gedacht, ›ist doch wohl lachhaft!‹

Im Halbschlaf war er dann durch ein Szenario geglitten, in dem schlanke U-Boote mit Haifischmäulern den Meeresgrund durchwühlten, und die Kommandanten, die alle ein wenig wie der alte Vella aussahen, hatten mit verkniffener

107

Miene »Rommel, Rommel, Rommelgold« gerufen und Hakenkreuzfahnen geschwenkt.

Schwitzend und fluchend, weil er die eleganten Halbschuhe bei der Kletterei ruiniert hatte, ließ Toni Vella sich auf die Knie nieder. Er langte in die Erdspalte, wo der Feldstecher und die Camel versteckt lagen und fingerte zittrig eine Zigarette aus der Packung. Sein Atem ging stockend, denn die letzten Meter zum Ta-Cenc-Plateau waren steil angestiegen.

Es hatte gedauert, bis er von seinem windgeschützten Beobachtungsplatz aus bemerkt hatte, daß weiter unten noch jemand war. Ein Mann war aus der Türöffnung einer halbverfallenen Hütte getreten und hatte gepinkelt. Auf dem Rücken der poppigen Windjacke stand in grellen Buchstaben der Schriftzug »Msida«. Er hatte den Mann für einen Jäger gehalten, der auf Wildtauben aus war, aber als in der nächsten Stunde kein einziger Schuß auf die nahen Vögel abgegeben wurde und der Mann um die Mittagszeit den Pfad zur Pawlus Grotto hinuntergeklettert war, hatte er, doch neugierig geworden, einen Blick in den Jagdunterstand geworfen.

Vier rostige Öltonnen trugen ein löchriges Wellblechdach. Die Wände waren aus unregelmäßigen Kalksteinplatten gefügt. Der zusammengerollte Armee-Schlafsack und das Teleskop mit Restlichtverstärker, das dort aufgebaut war, hatten ihm zu denken gegeben, und er hatte sich augenblicklich auf den Rückweg gemacht: Im Fadenkreuzraster des Okulars verzehrten Harry und Warberg auf der *Delfin* Weißbrot mit Tomaten und tranken dazu Pepsi, beide in dunklen Neopren-Anzügen. Das starke Fernrohr vermochte selbst den silbernen Salzstreuer gut erkennbar zu vergrößern, den Harry, nachdem er ein Tomatenbrot gewürzt, auf den Kartentisch neben das Steuerrad gestellt hatte.

Toni machte einen gierigen Lungenzug und richtete seinen Feldstecher auf den Ziegenpfad, der vom Wasser zur Hütte hochführte und sich dann zwischen Felsen und Thymianbüschen verlor.

Sein Aufstieg war wirklich keine Minute zu früh erfolgt. Der »Jäger« setzte gerade einen Korb ab, aus dem zwei Flaschenhälse und etliche Stangenbrote hervorschauten.

›Proviant für eine ausgedehnte Beobachtungsaktion? Plant er etwa, über Nacht hier draußen zu bleiben? – Warberg wollte heute Nachtaufnahmen unter Wasser machen. *Aber woher weiß der Mann in der Hütte davon?*‹

Als der sich aufrichtete und seine verspiegelte Sonnenbrille abnahm, um sie mit einem Zipfel der Windjacke zu putzen, stellte Toni schärfer. ›Madonna!‹

Der junge de Neva verschwand im Verschlag. Kurz darauf schob sich die Teleskopspitze aus einer Fensterhöhle. Die *Delfin* war unterdessen eine halbe Meile Richtung Mgarr ix-Xini abgetrieben.

Toni richtete das Glas ebenfalls auf die Jacht. Harry und Warberg hatten ihren Snack beendet, der Klapptisch war abgeräumt, und sie betrachteten – eine Seekarte?

Toni schwenkte zur Hütte zurück, das Teleskop bewegte sich nicht mehr, und steckte sein Fernglas in die Hemdtasche. Die Irritation über die Entdeckung war ihm vom Gesicht abzulesen. ›Madonna, wenn das Zufall ist . . .!‹

Der Mercedes stand hinter einer Mauer aus lose geschichteten Steinen, die man als Windschutz errichtet hatte. Jedes fruchtbare Stück Erde auf Malta und Gozo war derart umwallt oder terrassiert. Kilometer um Kilometer an scharfkantigen Hindernissen, was wohl mit ein Grund gewesen war, warum die Achsenmächte keine Luftinvasion mit Transportgleitern à la Kreta gewagt hatten.

Toni kickte den Steinkeil unter dem rechten Vorderrad weg und bemühte sich, die Fahrertür leise zu schließen. Es mißlang. Er löste die Handbremse. Der Wagen rollte klappernd los. Die schwache Kompression des Oldtimer-Dieselmotors erlaubte kaum ein anderes Starten in den kühleren Monaten.

An der ehemaligen Flak-Stellung von Ta Cenc, deren Betonsockel die Bauern jetzt als Fundament für diverse Wassertanks benutzten, kam ihm ein Landrover entgegen. Er wich auf eine Wendestelle aus. Der Fahrer würdigte ihn keines Blickes, aber Toni war das markante Profil Georgio de Nevas nicht entgangen. ›Schau an! Fehlt bloß noch die Frau Gemahlin, dann ist die Familie komplett!‹ Er gab Gas. Hinter einer Kurve war der Fliegu wieder sichtbar. Zwischen Cirkewwa und Comino kreuzten mehrere Zweimaster. Ein Verdacht keimte in ihm auf. ›Msida? – Msida!‹

Das nächste öffentliche Telefon stand in Sannat. Er war so aufgeregt, daß er sich verwählte und nochmals zum Wagen zurückmußte, um Kleingeld zu holen.

Der Freund »drüben« am anderen Ende der Leitung bei der Verwaltung von Msida-Marina, dem großen Jachthafen im Msida Creek, bestätigte ihm umgehend seine Vermutung: Das Schiff, das sich, seit er die *Delfin* an die Deutschen verchartert hatte, immer in Sichtweite, aber stets in gebührendem Abstand befunden hatte – mal am Ausgang der Blauen Lagune, mal vor Xlendi oder Mgarr ix-Xini –, die Jacht *Gracia*, war die Neuerwerbung eines Immobilienmaklers aus Mdina!

»Ein gewisser de Neva, Toni, warum? – Toni? Bist du noch dran?«

»Ja, bin ich ... Warum ich wissen will, wem ...? Nichts Besonderes, ein ... ein Engländer im Hotel hat sich erkundigt, ob das Schiff für ein paar Tage zu haben ist.«

»Ich kann ja mal nachfragen.«

»Nicht nötig, wenn's ein privater Besitzer ist. – Zu umständlich, Jim! Dachte irgendwie, es ist eins von den Bonnici-Booten.« Bonnici war der größte Sportboot-Verleih Maltas.

»Ich hätte was für deinen Engländer, Toni. Einen Katamaran ...«

Vella lehnte dankend ab, nein, ein Katamaran käme nicht in Frage, der Engländer würde leider nur . . . Er legte auf.

›Muß ja wirklich spannend sein, was Warberg da treibt, wenn sich selbst unsere honorige Nobilità für ihn interessiert und herabläßt, stundenlang in zugigen Löchern auszuhalten . . . Harry ins Vertrauen ziehen? Besser vorher herausfinden, wer mit wem unter einer Decke steckt!‹

Er wählte die Nummer vom Calypso, erhielt aber andauernd das Besetztzeichen. Er ging zum Wagen. ›Könnte doch was dran gewesen sein an dem, was der Alte immer gebrabbelt hatte über die deutschen Flieger. ‚Sie haben Gold für Rommel nach Afrika geflogen‘, hatte der Alte gesagt, ‚um die Muselmanen gegen die Engländer aufzustacheln.‘ Und er hatte ihn dann meist verschwörerisch zu sich herangezogen und geflüstert: ‚Gold, mein Sohn, und Geheimwaffen, ich weiß es genau, unser *Duce* hat es mir damals selbst erzählt!‘‹

Der Alte hatte indes nie die Identität des maltesischen »Duce« preisgegeben. Aber heute, fühlte Toni, war er zumindest diesem Geheimnis ein Stück näher gekommen.

Er hatte während des Telefonats den Motor laufen lassen. Auf der Fahrt über die holprigen Feldwege zwischen Ta Cenc und Sannat – er war eine Abkürzung durch Äcker gefahren – hatte sich der Holzkeil im Beifahrerfenster gelöst, und die Scheibe war in die Türfüllung gerutscht. Toni nahm umständlich die Verkleidung ab, schob das Glas mit der Handfläche wieder hoch und klemmte mit der anderen Hand den Keil fest, denn der Himmel sah verdächtig nach Regen aus.

Am St. Francis Square in Victoria versuchte er es erneut. Diesmal hatte er sofort das Freizeichen. Die Vermietung seiner Jacht wickelte Vella zumeist über den Empfang im Hotel ab, der Tag und Nacht besetzt war.

»Dick?«

»Toni?«

»Ja. Sag, hat heute einer wegen der *Delfin* angerufen?«

»Bin eben erst rein. Ann ist noch da, ich frag sie mal. Moment, bitte.« Der Hörer wurde abgelegt, dann: »Sie sagt, jemand hat sich erkundigt, ob er sie bis übermorgen haben kann, aber das ging ja nicht, weil der Deutsche sie da schon gechartert hat, oder?«

»So ist es ... Ann weiß nicht zufällig, wer der Anrufer war?«

»Sie meint, ein jüngerer Mann, der Stimme nach. Wieso?«

»Also keiner von den Libyern?«

»Nein, bestimmt nicht.«

Die Libyer waren reiche Stammgäste, die das Schiff schon öfter gemietet hatten.

»Tu mir bitte einen Gefallen, Dick, und sag ihnen, wenn sie anrufen sollten, sag ihnen, ab Sonntag ist die *Delfin* wieder zu haben.«

»Geht klar. Schaust du noch vorbei?«

»Heute wohl kaum mehr. – Bis morgen!«

»Bis morgen, Toni!«

Als er in den Daimler stieg, fielen die ersten Tropfen.

›Es paßt alles zusammen: Proviantkorb, Schlafsack – vom Nachtsicht-Teleskop ganz zu schweigen!‹

Auch wer der Anrufer gewesen war, darüber hatte Vella keine Zweifel mehr.

»Ich hab nichts bemerkt, und ein Wagen ist hier auch nirgends herumgefahren, zumindest kein alter Diesel. Seine Schleuder hört man doch meilenweit!«

»Hängt davon ab, wo er geparkt hat. Er kam jedenfalls aus deiner Richtung, und es gibt für Autos im Grunde nur einen vernünftigen Weg von den Wassertanks hierher – nämlich den, den ich auch genommen habe.«

»Hat er dich erkannt?«

»Kaum. Wir sind uns nie persönlich begegnet.«

»Mach dir nichts vor. Wenn er mir tatsächlich nachgeschlichen ist, kannst du Gift darauf nehmen, daß er weiß, wie du aussiehst oder was für Autos wir fahren.«

Der Baron spuckte aus. »Erst dieser ›Times‹-Schreiberling und jetzt der. Dahinter steckt System, ich hab's geahnt!«

Alfredo de Neva schaute durch das Teleskop und sah, wie die *Delfin* Kurs auf Mgarr nahm. »Am Wochenende müssen wir die Kassetten geborgen haben, sonst heißt es aus der Traum. Sie suchen zum Glück immer noch weiter draußen nach der Absturzstelle.«

»Warum gibt Vella ihnen denn keinen Tip, wo sie tauchen sollen? Sein Alter war doch mit in den Höhlen.«

»Vielleicht mag er nicht teilen.«

Georgio de Neva nickte bedächtig. »Ja«, sagte er, »das könnte sein. Es geht schließlich um ein Vermögen.«

16

Die Inschrift, die Fra Adalbert verschwommen vor Augen tanzte, bot zweifelhaften Trost.

> Sterblicher!
> Was silberne Spangen, güldene Becher, was seiden
> Gewand?
> Ruft ER dich
> Allein es zählt dein Glauben!

Über der für Ritter abgeteilten Ecke im großen Krankensaal der Sancta Infermeria, des neuen Ordenshospitals von Valletta mit direktem Zugang zum Grand Harbour, hatte ein Künstler diesen mahnenden Spruch zur Erbauung der Patienten apokalyptisch illustriert: Sensenmann, einladend winkend, Totenschädel nebst Gebein. Der Tod war den Angehörigen des letzten christlichen Kampfordens eine stets präsente Realität. »Gott befohlen!« lautete ihr Kampfschrei. »*Deus lo volt!*«

Die Hospitaliter, der »Ritterliche Orden des Heiligen Johannes vom Spital in Jerusalem«, hatten die Kunst der Krankenpflege nie vernachlässigt, sondern seit den Tagen der Kreuzzüge einen außergewöhnlich hohen medizinischen Standard bewahrt. Das Wissen der Ritterärzte hatte während der Großen Belagerung den Ausbruch der in mittelalterlichen Heereslagern üblichen Seuchen verhindern können.

Anders bei den Angreifern. Die ottomanischen Invasoren verloren mehr Leute durch epidemische Krankheiten als durch kampfbedingte Verletzungen.

Fra Adalbert von Warberg war einer der ersten adligen Patienten, die in der neuerbauten Sancta Infermeria von Valletta aufgenommen wurden. Er war von einem sommerlichen

Jagdausflug mit Fieber und Schwindelanfällen in die Hauberge der deutschen Zunge nach Valletta zurückgekehrt, und heilkundige Mitbrüder hatten Hitzschlag diagnostiziert. Da bewährte Hausmittel ihm nicht auf die Beine geholfen hatten, war man übereingekommen, die Behandlung den erfahreneren Ärzten vom Ordenshospital zu überlassen.

»Mir ist übel«, sagte Fra Adalbert mit schwacher Stimme, so daß der hochgewachsene alte Mann im Ordensgewand der Johanniter sich weit zu dem Flüsternden hinunterbeugen mußte.

»Sein Fieber ist wieder gestiegen! – sagte der grauhaarige Ritter zu dem begleitenden Arzt und nahm die Hand von der Stirn Fra Adalberts. »Versuchen wir es mit Wadenwickeln . . . Fra Adalbert, könnt Ihr mich verstehen?«

Der Kranke nickte matt.

»Wir werden gleich kalte Tücher auflegen, dann wird auch die Übelkeit weggehen. Sie kommt von der Hitze im Körper.«

»Er hat immer häufiger Absencen, Herr«, sagte der Arzt leise und machte einem dienenden Bruder ein Zeichen, die Schüssel zu bringen, die er vorsorglich mit Kaltwasser aus dem Tiefbrunnen zu füllen befohlen hatte. »Sein Puls ist sehr flach, Herr. Fühlen Sie selbst!«

Der Ritter griff nach Fra Adalberts Handgelenk. »Man spürt ihn wirklich kaum. Hat er ein stärkendes Mittel bekommen?«

»Ja, aber es hat bislang nicht angeschlagen. Wenn er nach den Ohnmachtsanfällen dann zu sich kommt, weiß er kaum, wo er ist und redet wirr.«

Der Ritter musterte den reglosen jungen Frater ohne sichtbare Emotionen. Regelmäßiger wöchentlicher Hospitaldienst war Pflicht für alle Ordensleute, auch für den Betagten Großmeister Jean l'Evêque de la Cassière.

»Was weiter?«

Der Arzt tastete nach dem Puls. »Er bekommt später das Stärkungsmittel noch mal, Herr.«

»Gut«, sagte Fra Jean, »aber nur, wenn das Fieber deutlich gesunken ist.«

»Die Wadenwickel wirken bei den meisten schnell«, sagte der Arzt.

Fra Adalbert hob den Kopf und sah durch einen farbigen Schleier, in dem unzählige helle Punkte flimmerten. Der Granmastru und der diensthabende Arzt waren zum Nachbarbett weitergegangen. Was sie sprachen, klang wie entferntes Wasserrauschen. Fra Adalbert schloß die Augen und lehnte sich zurück. Die flirrenden Punkte blieben.

Bilder aus der fernen Heimat – von schneebedeckten Wäldern, durch die eisige Winde fegten – wechselten mit Ansichten von backofengleichen, staubigen Hügeln, über denen eine grelle Sonne brannte, die an das weißglühende Eisen in der Schmiede auf Burg Warberg erinnerte.

Er wälzte sich unruhig hin und her, streifte die Bettdecke zur Seite. Der Hospitaldiener kam mit der Schüssel und schlug das Laken am Fußende um. Nachdem er die Hand auf Fra Adalberts Stirn gelegt hatte, wickelte er die Leinentücher, die in der Schüssel schwammen, um seine Knöchel.

Fra Adalbert begann zu zittern. »Bitte, die Decke!

»Es wird Euch gleich besser gehen«, sagte der Pfleger. »Wartet, ich lege sie Euch gleich über.«

Fra Adalbert versuchte, gegen den Schüttelfrost anzukämpfen, aber es war sinnlos. Der Anfall verebbte schließlich von selbst.

»Seht Ihr? Das Fieber flaut schon ab! Ich muß jetzt zu den anderen Kranken. Nachher bringe ich Euch die Medizin.« Der Pfleger entfernte sich.

Fra Adalbert schloß die Augen wieder und ließ die letzten Tage Revue passieren, so gut er es vermochte.

Der Capitano della Verga hatte eine Jagdgesellschaft für die Ritter der Deutschen Zunge ausgerichtet, eine der raren Gelegenheiten, wo maltesischer Adel und Ordensleute miteinander verkehrten, weil dieser Capitano auch das erbliche Kastellanamt auf der Gozo-Zitadelle ausübte und die Deutsche Zunge dort den Kommandanten und die Besatzung stellte.

Gewiß – es war ein extrem heißer Tag gewesen, und einige der alten Streiter waren vorzeitig in die Città Vecchia zur Casa Felice zurückgeritten. Mangels Hochwild auf Malta hatte man wie üblich Kaninchen geschossen, auch ein, zwei Enten. Danach hatte Baron de Neva die Ritter anläßlich seiner Wiederwahl zum Repräsentanten der Università in seinen Palazzo geladen.

Beim Tafeln hatte Fra Adalbert noch kein Unwohlsein verspürt, wohl aber am nächsten Tag, aber er hatte das auf den übermäßigen Weingenuß geschoben.

Alle hatten viel getrunken. Und sie hatten gesungen. Von Elitz, der dienstälteste deutsche Ritter, war sentimental geworden und hatte, vielleicht weil die anheimelnde Atmosphäre im Palazzo ihres Gastgebers ihn an zu Hause erinnerte, von der Linde auf dem Dorfplatz daheim, von schattigen Wäldern und lichten Höhen gesungen, und die anderen hatten mehr oder weniger weinselig, voller Heimweh, in die Melodien eingestimmt.

Ihr Gastgeber war kein armer Mann, er hatte riesige italienische Gobelins an den Wänden und besaß Glas aus Venedig, das in kostbaren Vitrinen zur Schau gestellt wurde.

In einer Ecke des Festsaals hatte Fra Adalbert eine eisenbeschlagene Truhe entdeckt, wie sie die Handwerker aus der Umgebung von Heitersheim herstellten, und hatte mit prüfenden Fingern die massiven Beschläge betastet. Als er zur Tafel zurückgehen wollte, hatte ihm der freundliche Hausherr den Weg versperrt, ihn in ein Gespräch verwickelt und ihm eigenhändig einen Becher Wein – den wievielten? – kredenzt.

Der Pfleger trat an das Bett. »Ich bringe Euch jetzt Wasser, Fra Adalbert. Euer Körper hat viel Flüssigkeit verloren. Ihr müßt es austrinken.« Er stellte einen tönernen Krug auf den Bettschemel und füllte eine Schnabeltasse.

Nach dem ersten Schluck, der ihm eingeträufelt wurde, merkte Fra Adalbert, wie durstig er eigentlich war. »Bitte mehr!«

»Gern«, sagte der Pfleger, »es wird Euch helfen.« Das Wasser war süß und angenehm kühl. Kein brackiges Zisternenwasser für die Patienten in der Sancta Infermeria, zumindest nicht für die Ritter unter den Kranken.

»Ich will jetzt schlafen«, sagte Fra Adalbert.

»Das ist das Klügste, was Ihr machen könnt, um schnell wieder auf die Beine zu kommen«, sagte der Pfleger. »Wenn Ihr aufwachen solltet, läutet einfach. Ich bin stets in der Nähe. Ich bringe Euch dann die Nachtmedizin.«

»Danke, Bruder!«

»Gott mit Euch, und schlaft gut, Fra Adalbert!«

›. . . Silberne Spangen, güldene . . .‹ *Der Baron hatte in der Nacht des Banketts eine prächtige silberne Gürtelschnalle getragen, die er sehr bewundert hatte.*

»*Die Truhe gefällt Euch offenbar?*« *hatte der Baron gefragt.*

»*Es ist eine Arbeit aus meiner Heimat*«, *hatte er geantwortet.* »*An den Beschlägen läßt sich das leicht erkennen. Es ist eine bestimmte Oberflächenstruktur, die unsere Schmiede dem Bandeisen geben. Geriffelt ist, glaube ich, die Bezeichnung dafür.*«

Der Capitano della Verga hatte das Thema gewechselt, aber später hatte Fra Adalbert zufällig gehört, wie er von

Elitz gefragt hatte: »Wer ist eigentlich der blonde Riese?« Als von Elitz Auskunft gegeben hatte, war de Neva wieder zu ihm getreten und hatte nachgeschenkt. »Ihr müßt der Ritter sein, der mit mir auf der Fähre gekämpft hat. Euren Onkel habe ich auch noch kennengelernt, bevor er verunglückt ist.« Und jetzt, wo er sich daran erinnerte, fand Fra Adalbert, daß der Capitano ihn lange prüfend angeschaut hatte, als er das gesagt hatte, so als würde er nach Ähnlichkeiten im Aussehen zwischen ihm und seinem Onkel forschen.

Der Malteser hatte sich irgendwann des Abends dann noch beiläufig bei ihm erkundigt, warum er denn so sicher sei, daß die Truhe eine deutsche Arbeit sei. Er, der Baron, habe immer geglaubt, es sei ein Stück aus Frankreich.

»Ganz sicher«, hatte Fra Adalbert gesagt. »In zwei ähnlichen Kisten hat mein Oheim damals Ordensdokumente von Heitersheim herbeigeschafft. Ich habe ihn schließlich noch bis Marseille begleitet. Unverwechselbar, Kisten dieser Machart . . . Schaut nur – das Schloß!«

»Ich glaube Euch«, hatte der Baron gesagt. Danach hatte sich die Unterhaltung um Falknerei und den neuen Wein aus Dingli gedreht.

Fra Adalbert mußte mehrmals angesprochen werden, bis er die Situation begriff.

»Zeit für Eure Medizin, Fra Adalbert! Ihr habt im Fieber phantasiert.« Der Pfleger stützte den Kranken im Nacken, als er ihm die Flüssigkeit verabreichte. »Ihr habt sogar gesungen.«

»Ich kann mich an nichts erinnern«, sagte Fra Adalbert, »Nur, daß ich, bevor ich eingeschlafen bin, versucht habe darüber nachzudenken, seit wann es mir so schlecht geht.«

»Vielleicht vertragt Ihr nur das Klima nicht«, tröstete ihn der Pfleger, »jahrelang merkt man nichts und plötzlich . . .« Er machte eine hilflose Geste mit den Händen, » . . . und plötzlich liegt man flach und weiß nicht, warum.« Er wechselte geschickt das durchgeschwitzte Laken und sagte dann: »Ein Herr war bei Euch, während Ihr schlieft, und hat sich nach Eurem Befinden erkundigt. Er wollte Euch nicht wecken und will morgen wiederkommen. Ein Baron. Ich habe den Namen nicht deutlich verstanden.«

»Baron de Neva?«

»So ähnlich klang es. Er war sehr vornehm gekleidet.«

»Dann war es der Capitano della Verga.« Er legte sich in die Kissen zurück. »Ich bin schon wieder müde.«

»Das macht die Medizin, aber ruht nur«, sagte der Pfleger. »Ihr werdet sehen, morgen fühlt Ihr Euch besser!«

»Bitte gebt mir noch einen Schluck, bevor Ihr geht, Bruder!«

Der Pfleger ergriff den Henkelkrug auf dem Schemel neben dem Bett, füllte die Schnabeltasse und führte sie dem Kranken an die Lippen. Fra Adalbert trank gierig.

»Genug, Fra Adalbert?«

»Ja, danke, das hat gutgetan.«

17

Die Café-Bar am Ende des flachen Gebäudes (im Werbeprospekt stolz als »Mgarr Hafenkolonnade« untertitelt) hatte Tische in Erwartung der Tagesausflügler von »drüben« hinausgestellt, aber die meisten Leute, die um diese Jahreszeit Gozo besuchten, hatten sowieso »Programm komplett« gebucht. Sie wurden mit Minibussen von der Fähre abgeholt, in Windeseile von Sehenswürdigkeit zu Sehenswürdigkeit gekarrt, in einem mittelmäßigen Restaurant abgespeist, wo der Fahrer Prozente bekam, und wieder direkt an den Kai zurücktransportiert. Außerhalb der Saison verblieben mithin als Kunden der Café-Bar nur Einheimische oder vereinzelte Individualreisende.

12 Uhr. Die *Cittadella* legte ab, die *Xlendi* täute an. Jost von Warberg hatte die Füße auf einem der knallroten, abscheulich scharrenden Blechstühle und blinzelte in die Sonne. Neben ihm trank Joseph Baleja einen Schluck Bier und resümierte: »... deshalb denke ich, ist es mir gelungen, wirklich eine Menge spannender Fragen bezüglich des Ablebens von Fra Sebastian und seines Neffen zusammenzutragen. Die Lilien im Hof der Casa Felice waren das fehlende Glied in meiner Überlegungskette.« Er aß ausnahmsweise nichts Süßes, sondern hatte sich Hobs bis-Said bestellt, ein dunkles Brötchen mit pfeffrigem Ziegenkäse, Tomatenscheiben und viel Zwiebeln. »Aber vorerst sind es Fragen und werden wohl auch Fragen bleiben. Hieb- und stichfeste Beweise für meinen Verdacht sind nach annähernd einem halben Jahrtausend wohl kaum mehr beizubringen, denn Gewißheit, ob Überdosierung oder krankheitsbedingtes Herzversagen, kann immer bloß eine rasche Obduktion ergeben, da das Gift – oder je nachdem, wie man es sieht: die Arznei – die Eigenschaft hat, sich im

menschlichen Organismus binnen Monatsfrist völlig zu zersetzen.«

Seine Zuhörer hatten den bunten Kuchenstückchen in der obligaten Vitrine am Tresen nicht widerstanden. Rita und ihr Bruder vertilgten voluminöse Schokoschnitten, Warberg und Toni Vella bearbeiteten cremige Nußtörtchen.

Baleja verschmähte auch die abgesplitterte, knusprige Brotkruste nicht, tippte sie mit angefeuchtetem Zeigefinger vom Tellerrand. »Ich hoffe inständig, daß die jetzigen de Nevas meine Nachforschungen zumindest anfänglich ein wenig unterstützen werden. Dieser spurlos verschwundene Goldschatz ist schließlich eine historische Sensation ersten Ranges für die maltesische Geschichtsforschung. – Falls sich allerdings meine Zweifel an Fra Adalberts ›Herzversagen‹ und Fra Sebastians ›Unfalltod‹ weiter verdichten und ich irgendwann einmal diese Theorie in den ›Malta History Papers‹ veröffentlichen sollte, würde das freilich kein sehr positives Licht auf die Machenschaften ihres sauberen Ahnen Paolo de Neva werfen – und was die Ehre der Sippe angeht, in diesem Punkt ist unsere Notabilità erfahrungsgemäß überempfindlich, selbst wenn die Ereignisse Jahrhunderte zurückliegen. Anders ausgedrückt: Das hieße dann vermutlich abrupt Schluß mit einer kooperativen Zusammenarbeit Baleja/de Neva!«

Warberg nickte. »Mir ist's auch lieber, man identifiziert die Warbergs einzig und allein mit den edlen Streitern der Christenheit. – Aber im Vertrauen, wir hatten auch einige *sehr* schwarze Schafe unter unseren Vorfahren, Raubritter und Schlimmeres: Ketzer!«

»Und er ist der allergrößte von ihnen«, sagte Rita. »Für ihn sind alle Malteser schlechtweg ›Papisten‹. Jedesmal, wenn er sieht, wie jemand sich vor einem Heiligenbild bekreuzigt, murmelt er etwas von ›Götzenanbetung‹.«

Warberg grinste. »Meine liebe Rita! Wir Warbergs sind, seit sich die Reformation am Ende des Dreißigjährigen Kriegs schließlich doch in unserem Teil Deutschlands durchgesetzt hat, militant protestantisch. Sogar Meister Luther hat einmal über katholische Heiligenverehrung . . .«

»Erbarmen!« Rita kicherte, weil sie an *In der Woche Zweier* . . . denken mußte, Martin Luthers Ratschlag für harmonisches Eheleben, den er ihr ins Ohr geflüstert hatte, als er sich für übermorgen angekündigt hatte. »Genug Luther-Zitate für heute!« Sie rückte ihren Stuhl ratternd von Warberg weg. »Ich kann mir vorstellen, daß es nicht einfach war, den Krankenbericht von Frau Adalbert aus der Sacra Infermeria aufzuspüren . . .«

»Leichter, als Sie annehmen. Der Orden hatte – zum Glück für uns Historiker – die pedantische Gepflogenheit, alles, was die Rechtsritter betraf, schriftlich zu fixieren und zu archivieren: ihre Herkunft, Vermögensverhältnisse, Führungszeugnisse und so weiter – und eben auch ihre Krankenakten.«

»Vermutlich gibt es irgendwo sogar eine Liste der kreuzritterlichen Bastarde, ich tippe mal auf die geheimen Keller unter dem Palast des Inquisitors in Birgu!«

»Hören Sie, das meine ich mit ›Ketzer‹!«

Warberg gab ihr einen Handkuß, rutschte den Stuhl scheppernd weiter in die Sonne und genoß das Nichtstun. Seine Arbeit auf Malta war erledigt.

Er hatte gestern zufällig Baleja im British getroffen und ihn gefragt, ob er mit nach Gozo wolle, er müsse seinen Freunden den Wagen zurückbringen.

»Aha!« hatte der Malteser gesagt und Warberg dabei zugeblinzelt. »Verstehe!«

»Sie kombinieren aber schnell«, hatte Warberg gesagt und gelacht. »Sie sollten meine Freunde dort kennenlernen, sie werden Ihnen gefallen.«

»Gern. Ich habe sowieso morgen im Zitadellenarchiv zu tun, deshalb nehme ich Ihr Angebot gerne an. – Es geht immer noch um Fra Adalbert und Fra Sebastian, und ich denke, ich werde Ihnen wieder ein paar Neuigkeiten über die beiden berichten können, sobald ich im Gran Castello fertig bin. Wollen wir uns dann unten am Hafen treffen?«

Baleja war ein kontaktfreudiger Mensch, und es hatte nicht lange gedauert, bis sie sich alle wie alte Bekannte unterhalten hatten. Dem Hotelmanager und Eigner der *Delfin* war er schon auf etlichen Familienfeiern seiner gozitanischen Verwandtschaft flüchtig begegnet, und die Geschwister waren nach maltesischer Gepflogenheit, da mit Warberg und Toni bekannt, keine Fremden mehr.

»Du mußt deinen irrigen Freund der allein-seligmachenden Kirche zurückgewinnen, Schwesterherz!« sagte Harry. »Das fällt unter ›praktizierte Nächstenliebe‹ und bringt Pluspunkte im Fegefeuer!«

»Ja, bitte«, sagte Warberg. »Mit allen verfügbaren Mitteln, die der Zweck ja bekanntlich heiligt. Ich denke an . . .«

Woran Warberg dachte, sollte niemand erfahren, denn Baleja, der angeregt mit Toni geplaudert hatte, entschuldigte sich für einen Moment und ging zu einem entfernten Tisch am Straßenrand, um eine Nonne und einen Mann in Warbergs Alter zu begrüßen, die gerade mit der Mittagsfähre gekommen waren.

»Wohin man auch schaut: Klerikales! – In meinem klugen Reiseführer hier steht, in Malta soll es mehr Priester als in Irland geben. – Stimmt das, Toni?«

»Kann sein. Zwei Cousins von mir sind bei den Franziskanern, und mein Onkel ist Pfarrer drüben in Qormi, dann lebt noch eine Großtante, die . . .« Toni hätte die Aufzählung vermutlich um ein Vielfaches verlängert, wäre Baleja nicht zurückgekommen.

»Nochmals wegen der insularen Frömmigkeit. Können Sie mir bestätigen, was in meinem klugen Büchlein hier geschrieben steht, daß Malta mehr Priester und Nonnen hat als die Republik Irland?«

»Aber ja doch. Mit Abstand. In der Hinsicht zumindest sind wir Malteser Nummer eins auf der Welt. Warum?«

»Überall die vielen Habits und Priesterkragen fallen einfach auf.« Warberg deutete auf die Rücken der Ordensfrau und ihres Begleiters, die ihre Stühle auch in die Sonne gedreht hatten.

»Ach so«, sagte Baleja, »in diesem Fall muß ich sie enttäuschen. Das sind Landsleute von Ihnen, und die Frau ist eine Steinverder Schwester, keine Nonne.«

»Nie gehört«, sagte Warberg. »Sie sieht mir aber ganz nach Nonne aus.«

»Die Steinverderinnen sind evangelische Stiftsdamen«, korrigierte der Malteser. »Ich weiß das auch nur, weil ich gestern ein Interview mit ihr hatte. In Mosta findet zur Zeit ein ökumenischer Kongreß statt.«

»Na, immerhin keine Papistin«, sagte Warberg.

»Was es alles gibt, von dem man nichts ahnt«, sagte Harry und verdrehte die Augen gen Himmel. »Nonnen, die wie Nonnen aussehen, aber keine sind, Gold, das nie angekommen und nie vermißt worden ist, ganz zu schweigen von Touristik-Scouts, die anstatt Land und Leute kennenzulernen, meine brave Schwester gegen die frommen Inselbewohner aufzuwiegeln versuchen.«

Für sich fügte er hinzu: ›. . . und die angeblich nach dem Skelett ihres Großvaters tauchen – wer's glaubt wird selig! Sobald Jost die *Delfin* betritt, lungert garantiert irgendwo die *Gracia* herum. Die beschattet uns doch nicht auf Schritt und Tritt wegen ein paar Kilo Schrott und Knochen auf dem Meeresboden!‹

Eine einzelne Wolke schob sich vor die Sonne. Toni nahm seine Brille ab und beobachtete die Autos, die immer noch aus dem Bauch der *Xlendi* rollten. ›Schau an, jetzt auch Baleja! Ist doch mehr als eigenartig, wer neuerdings hier nach verschol-

125

lenen Schätzen forscht. – Versucht dieser Schreiberling seine spinnige Geschichte von Anno dazumal aufzutischen, bloß um von den Rommel-Transporten abzulenken! Na, nicht mit mir, mein Lieber! – Allerdings, wer hier mit wem kungelt, wird ständig undurchsichtiger.‹

Rita betrachtete Warberg nachdenklich durch ihre verspiegelten Gläser. ›Freiherr von und zu Warberg, Jost Justus Arnim, mein durchschnittlich phantasievoller Liebhaber, Sporttaucher und Businessmann, und was noch? – *De Neva!* Der Name fiel das erste Mal, weil Harry neugierig geworden war und sich erkundigt hatte, wem die *Gracia* gehört. Und nun redet auch dieser Journalist andauernd von den de Nevas! Scheint ja eine interessante Familie zu sein!‹ Sie bemerkte, daß Harry ebenfalls Warberg und Baleja musterte. ›Woher kennen sich die beiden eigentlich? Deutsch-Maltesischer Zirkel? Gibt es so was überhaupt?‹

Harry war Ritas prüfender Blick nicht entgangen. ›Wär nicht falsch herauszubekommen, was für ein Spielchen der gute Jost und dieser Doktor mit uns allen spielen. – Abgesehen davon, was die aus Mdina mit allem zu schaffen haben.‹ Die letzten Wagen fuhren aus der Fähre. Ein Landrover hielt vor dem Pastizzi-Verkaufsmobil neben der Telefonzelle. Toni verabschiedete sich recht unvermittelt: »Madonna, fast hätte ich was furchtbar Wichtiges verschwitzt, ich muß dem Mittagsportier ja noch was bringen. Hat mich gefreut, Doktor!« Zu Warberg und den Geschwistern: »Wir sehen uns später alle im Calypso, ja?«

»Mich seht ihr heute nicht! Ich habe nachher noch einen Termin mit den Tourist-Information-Leuten drüben auf Malta . . . Aber stopp, Toni! Wir müßten noch wegen der *Delfin* reden, ich hätte sie wieder gerne für einen Tag. Warberg wandte sich zu Harry. »Tust du mir den Gefallen und handelst das heute abend mit Kaptan Vella für mich aus?«

»Mach ich.«

»Ich bin ab acht an der Bar«, sagte Toni, schon im Gehen begriffen, »da können wir alles bei einem Drink besprechen. O. k.?«

Der Hotelmanager bestieg seinen Oldtimer. Der Motor war anscheinend noch warm, denn er sprang schnell an.

›Das ist ja höchst interessant‹, dachte Harry und schaute dem qualmenden Mercedes hinterher, wie er nach einem blauen Landrover, einem überladenen Toyota-Pickup und einer Taxe den Fährparkplatz verließ.

Als er sich bei Sergeant Grech nach dem Besitzer der Gracia erkundigt hatte (»Tolles Schiff, Sergeant. Neu hier in Mgarr?«), hatte der auf einen distinguiert aussehenden Herrn gedeutet, der gerade die Gleneagles Bar verließ. »Einer von drüben, Mister. Eine sehr bekannte, alte Familie, Mdinaer Adel. Sie kennen doch die Immobilien-Werbung vorne auf der ›Malta Times‹: DE NEVA HOMES, REAL ESTATE.«

Harrys Blick traf sich mit dem seiner Schwester. Sie zog fragend die Augenbrauen hoch. Harry machte eine unmerkliche Handbewegung. ›Später‹ besagte die Geste, ›später, wenn wir allein sind.‹

18

Joseph Baleja saß in Fahrtrichtung. Er lehnte sich vor und deutete nach links auf Comino. An einer Untiefe vor der Einfahrt zur Blauen Lagune brach sich der Wellenfächer, den das Fährschiff der Gozo Channel Line hinter sich herzog. »Etwa hier muß sich der Überfall auf Fra Adalberts Boot abgespielt haben.«

»Hätte man ihnen nicht vom Turm aus zu Hilfe kommen können? Es gab doch damals schon weitreichende Geschütze.« Über Comino Tower, viereckig, solide und trutzig, wehte die maltesische Flagge.

»Nein, der Turm ist erst später erbaut worden. Die Insel diente sogar noch bis ins siebzehnte Jahrhundert als Piratenstützpunkt.« Baleja setzte sich wieder aufrecht. »Es waren Freibeuter aus Hammamet. Das Lösegeld für Paolo de Neva wurde ganz korrekt – wie unter Geschäftsleuten üblich vom Bey von Tunis quittiert. Jüdische oder venezianische Händler werden zwischen den Parteien vermittelt haben.«

Die *Xlendi* schlingerte merklich, als sie sich dem Fliegu ta' Kemmuna näherte und gegen die einsetzende Querströmung angehen mußte. Der Turm verschwand aus seinem Blickfeld, und Warberg betrachtete die zügig vorbeigleitende Steilküste. ›Ob dort noch Kümmel wächst?‹ – Kemmuna, Comino: Kümmelinsel. »Wissen Sie, für wieviel man ihn ausgelöst hat?«

»Ja. Für runde zweitausend Goldscudi, eine stolze Summe. Selbst für eine reiche Adelsfamilie fast bankrottös . . . Daß die de Nevas dennoch gleich nach Paolos Heimkehr bedeutende Ländereien erwerben konnten, hat mich ja am meisten stutzig gemacht. Können Sie sich vorstellen, *wie sehr* mich Ihr Bericht über Fra Sebastians Geldtransport erstaunt hat? Paolo de Neva war schließlich Verwalter im Gran Castello, als Fra Se-

bastian verunglückte. – Und der Kastellan hatte die Schatzkammer der Zitadelle unter seiner Obhut!«

Eine Motorjacht kreuzte riskant den Kurs der *Xlendi*.
Weißgewandete Gestalten in wallenden Djellabas und Bur-
nussen winkten ihnen zu. Die einzelnen Gesichter der Besatzung waren deutlich zu unterscheiden. Warberg tippte Baleja
auf die Schulter. »Da, die *Delfin!* Ab morgen haben Harry und
ich sie nochmal für zwei Tage.«

Der Steuermann der Jacht trug ein grünes Kopftuch.

»Libyer?«

»*Libyer!* Stammkunden von Toni Vella.« Wohlhabende
Geschäftsleute der Maghrebstaaten trugen nicht unwesent-
lich zur wirtschaftlichen Stabilität der kleinen Inselrepublik
bei, wurden von den meisten Maltesern allerdings mehr gelit-
ten denn geliebt. »*Libyer*« – Balejas Vorfahren hatten vermutlich das Wort »Türken« ähnlich akzentuiert ausgesprochen.

Warberg schaute der Jacht nach. Sie entfernte sich dröh-
nend in Richtung Gozo. »Und was läßt Sie annehmen, daß
Paolo auch beim Tod von Fra Sebastians Neffen seine Hände
im Spiel hatte? Ich meine, ich habe ja ziemlich genau hinge-
hört, was Sie vorhin in Mgarr erzählt haben, aber die Verbin-
dung Sebastian von Warberg / Paolo de Neva / Adalbert von
Warberg ist mir, ehrlich gesagt, nicht ganz klar.«

»Es gibt in der Tat ein paar Fragen, die ich leider nicht mit
letzter Gewißheit beantworten kann, aber – und vielleicht
hatte ich das vorhin in der Café-Bar vergessen zu erwähnen:
Fra Adalbert war in Gozo, um das Grab seines Onkels aufzu-
suchen, und er wird bei der Gelegenheit bestimmt die genaue-
ren Umstände des Unfalls in Erfahrung gebracht haben.«

»Aber bis zu seinem eigenen Tod sind dann noch etliche
Jahre vergangen. Unterdessen hätte er doch das Verschwinden
der deutschen Kriegskontribution wenigstens anzeigen können.«

»So er überhaupt unterrichtet gewesen ist, was sein Oheim da tatsächlich nach Sizilien transportiert hat, was ich bezweifle!

Nein, meine These ist: In dem Wirrwar nach der Belagerung hat man die Goldsendung aus Deutschland einfach mehr oder weniger vergessen! Anders kann ich mir alles kaum erklären. Zwar wurde das Eintreffen der Sendung vom Festungskommandanten und *Kastellan Paolo de Neva* bestätigt, und im Archiv in Heitersheim existiert eine diesbezügliche Quittung, das habe ich unterdessen herausgefunden. *Aber hier auf Gozo nicht!* – Was wenig bedeuten muß, weil die Unterlagen im Gran Castello lückenhaft sind. Napoleons Besatzungstruppen waren eben nicht nur bilderstürmerisch, sondern haben auch die Akten vom verhaßten *ancien régime* des Malteserordens nicht sonderlich schonend behandelt!«

»Warum haben denn, Ihrer Meinung nach, die de Nevas Fra Adalbert überhaupt beseitigt? Ich meine, da spricht doch dagegen, daß er bei seinem Tod bereits längere Zeit in Malta war und nirgendwo in den Dokumenten auch nur die Andeutung eines Verdachts gegen den de-Neva-Clan zu finden ist!«

Baleja zuckte mit den Achseln. »Daß er durch den Pflanzenextrakt beseitigt worden ist, ist eben eine Vermutung von mir, die sich einzig und allein darauf stützt, daß Fra Adalbert vor Ausbruch seiner obskuren Krankheit Gast in der Casa Felice war und daß Paolo de Neva ihn noch am Abend vor seinem Tod in der Sancta Infermeria besucht hat, was einwandfrei aus dem Stationsbuch des Hospitals hervorgeht! Die Eintragung lautet: ›Der Capitano della Verga macht Fra Adalbert gegen Vesper seine Aufwartung.‹

Capitano della Verga war im besagten Jahr unser Paolo de Neva! Mithin . . .«

»Hmm, hat schon was für sich, Ihre Überlegung. Dieser Festungskommandant, von dem die Eingangsbestätigung für das Heitersheimer Gold stammt, könnte er mit dem Kastellan unter einer Decke gesteckt haben?«

»Das ist, was ich baldmöglichst klären will. Über Fra Hans von Bes, so hieß der Kommandant, gibt es keine Unterlagen mehr in Gozo. Alles, was noch diesbezüglich von Bedeutung sein könnte, liegt in der Bibliotheca in Valletta. Mein Freund dort hat mir versprochen, die in Frage kommenden Dokumente zu beschaffen . . . Darf ich . . .?«

Warberg hielt ihm eine Zigarettenpackung hin. »Bitte bedienen Sie sich!«

Baleja schmunzelte. »Ein Trick. Ich kaufe mir möglichst keine eigenen, damit ich nicht zuviel rauche.«

»Ich kenne den Trick nur allzugut, aber bei mir wirkt er nie lange. Etwas mehr Streß als gewöhnlich und schon . . .«

»Trösten Sie sich, mir geht's genauso.«

Jost gab Feuer. »Aber erleichtern Sie mich ruhig um meine Zigaretten! Wenn ich mit Harry und seiner Schwester zusammen bin, rauche ich ständig mehr, als mir gut tut – vom Alkohol ganz zu schweigen.«

»Ihre deutschen Freunde auf Gozo scheinen wohlhabende Leute zu sein, hatte ich den Eindruck. Zumindest können sie sich viel Urlaub leisten.«

»Arm sind sie nicht. Das Haus oben in Qala ist ein Traum von einem Landhaus, aber sie haben es erworben, als Grundstücke noch billig waren und niemand daran gedacht hat, sich auf Gozo einzukaufen. Vermutlich hatten sie den richtigen Riecher, weil sie vom Fach sind.«

Baleja begriff nicht gleich. »Vom Fach . . .?«

»Ja, sie waren in Deutschland im Immobilienhandel.«

»Jetzt fällt bei mir der Groschen erst«, sagte Baleja.

›Und sie haben mit ihrem Schwarzgeld ein verdammt gutes Schnäppchen in Qala gemacht‹, dachte Warberg.

›Immobilienleute machen anscheinend überall bloß Plus‹, dachte Baleja. Er schnippte die Asche von seiner Zigarette ab und sagte: »Sie kennen sich schon von Deutschland her? . . . Nein? . . . Erst hier?«

Beide lächelten.

»Milde Inselabende an der Calypso Bar.«

»Verstehe voll«, sagte Baleja.

Die *Gracia* lag zwischen zwei Dghajjes, auf denen man Vorbereitungen für den nächsten Fang traf. Die Stimmen in der Steuerhauskajüte der Jacht wurden übertönt vom Quietschen diverser Seilwinden und Ladebäume auf den Fischkuttern und vom asthmatischen Tuckern der Schiffsdiesel ringsum.

Alfredo de Neva hatte sich einen Hamburger vom Pastizzi-Verkaufswagen mitgebracht. Es war der erste Bissen seit der Ankunft Balejas und des Deutschen mit der 8-Uhr-Fähre in Mgarr. Als auch das Bier ausgetrunken war, das sein Vater ihm aus dem Kühlschrank neben der Funknische geholt hatte, setzte er seinen Bericht fort. ». . . Er hat den Landrover gesehen und ist dir sofort hinterher. Baleja hat er noch die Hand gegeben, den andern hat er bloß zugewinkt. Sah mir nicht aus, als würden sie ihm sagen: ›Los, Vella, hopp, fahr mal dem de Neva nach!‹ War mehr so, als würde er das auf eigene Kappe machen. – Aber ich habe natürlich nicht verstanden, was sie gesprochen haben, konnte sie immerhin alle gut beobachten. Ich war direkt gegenüber auf der Hafenmole im Schatten von zwei aufgebockten Ruderbooten. Bemerkt hat mich garantiert niemand von da oben, und wenn, wär ich allemal für einen Fischer durchgegangen«.

»Und die anderen?«

»Sind noch geblieben, als Vella dir nach ist. Baleja und Warberg am längsten, weil sie auf die Viertel-nach-eins-Fähre gewartet haben. Das Pärchen aus Qala ist kurz vorher mit dem Mini wegfahren.«

»Ich bin langsam auch überzeugt, Vella plant eine Solonummer. Er ist mir erst in Ta Cenc mit seiner Rappelkiste aufgefallen, hat das schon geschickt angestellt . . . Aber erzähl mal weiter! Hast du noch was im Diving Shop gehört?«

»Und ob! Ich hab nach Unterwasserscheinwerfern gefragt, weil ich weiß, daß sie nur zwei im Lager haben. Beide sind verliehen! Jetzt im Winter! Rate mal an wen.«

»Warberg?«

»Einer an Warberg, richtig! Und der andere, na?«

»Doch nicht etwa an Vella?«

»Genau an den! Ich hab ziemlich gestaunt, als mir der Mann gesagt hat, der Fettsack soll recht gut tauchen können.«

»Mist, dann will der bestimmt noch heute nacht runter. Was ist mit Warberg und dem Knaben aus Qala?«

»Warberg hat frische Flaschen für morgen nachmittag bestellt, und der Typ aus Qala auch. Außerdem nehme ich kaum an, daß er heute noch mal nach Gozo zurückkommt. Baleja und er sind, wie gesagt, mit dem Viertel-nach-eins-Boot rüber.«

»Das fette Schwein scheint mehr zu wissen, als wir anfangs vermutet hatten. – Scheiße, wenn er wirklich bei den Grotten taucht, verlieren wir wieder eine Nacht.«

»Ich werd mich um ihn kümmern. Der Fettsack wird sowieso recht lästig, findest du nicht?«

»Es soll sich ab Mitternacht beziehen. Regen ist nicht angesagt.«

»Ausgezeichnet. Ob er mit der *Delfin* kommt?«

»Er hat den Libyern das Boot bis morgen mittag gegeben.«

»Das heißt, wenn er was macht, dann nimmt er den Ziegenpfad, weil er da am besten mit dem Wagen ran kann, Tauchklamotten sind verdammt schwer.«

»Deine sind noch in der Hütte?«

»Ja, aber ich bring sie nachher runter zur Pawlus Grotto. Vor Mitternacht wird er sich kaum blicken lassen. – Gesetzt den Fall, er kommt überhaupt!«

Rita hatte es sich in einem der Clubsessel vor dem Kamin bequem gemacht und zeigte auf die dreieckige Flasche. Harry legte Holz nach, erst dann schenkte er ein. »So richtig?«

»Danke. Ist Eis da?«

»Warberg und Baleja sind beide Historiker.« Er ließ einen Würfel in ihr Glas gleiten. »Vielleicht ist ja ein Körnchen Wahrheit dran, an der Geschichte mit dem verschwundenen Johannitergold, aber jetzt, wo Toni *und* die de Nevas mitmischen, glaube ich eher, daß es um eine ganz andere Sache geht. Dein blaublütiger Lover hat immerhin im Suff eine diesbezügliche Andeutung gemacht.«

»Die Rommel-Transporte nach Nordafrika, über die ihr euch unterhalten habt?«

»Genau.«

»Ich dachte, er hatte von Papiergeld, von ›Reichsmark‹ gesprochen, das hat doch höchstens noch Sammlerwert.«

»Das Papiergeld war der Sold für das Afrikakorps, richtig! Die moslemischen Rebellen gegen die Tommies konnte man aber damit nicht abspeisen, die wollten Gold sehen.«

»Ja, und?«

»Na, mindestens eins von den vermißten Flugzeugen hatte Goldbarren und Maria-Theresien-Taler an Bord, das hat er selbst gesagt.«

Rita brachte ihr Whiskyglas mit dem Eiswürfel zum Klingeln.

»Interessant. Mit mir hat er darüber nie geredet.«

Harry grinste. »Schwesterchen! Ihr habt ja ständig eure . . . äh . . . Sexualität ausleben müssen, da wählt man andere Gesprächsthemen, soweit ich mich erinnern kann . . . Wenn es diese Dornier ist, hinter der er her ist, hat er *natürlich* nicht mit dir darüber gesprochen! Ich sagte doch, er war voll breit, als er mir davon erzählt hat.«

»Klingt plausibel, obwohl . . . aber egal! Das wäre also Jost. – Und Toni? Und die de Nevas?«

»Zunächst zu Toni. Daß der, auf welche Art und Weise auch immer, mit drin steckt, ist mir wahrhaftig erst heute mittag in Mgarr aufgegangen, als er dem Landrover von den de Nevas hinterher ist. Im nachhinein ist es schon logisch, daß auch er wegen der *Gracia* Verdacht geschöpft hat . . . Und die de Nevas? Ich hab noch zu spärliche Infos über sie, außer daß sie reich, altehrwürdig und erfolgreiche Makler und Grundbesitzer sind. Wenn sie ihre hochseetüchtige Rennjacht – wie unser Freund Vella bisweilen – zu diesen einträglichen, nächtlichen Fahrten nach Libyen oder Tunesien einsetzen, ohne sich nachher beim Zoll zu melden, kann ich mir schon gut vorstellen, daß sie irgendwie von Josts Suchaktion Wind bekommen haben. Diese Schmugglerszene hat ihre Späher überall. Vielleicht hat sogar Baleja seine Finger drin . . . ! Weißt du, wer hier mit wem liiert ist? Ich nicht!«

»Gesetzt den Fall, Balejas Interesse an Fra Sebastian ist aufgesetzt – und wie hieß der andere doch gleich? Herbert?«

»Fra Adalbert«, sagte Harry. »Er hieß Adalbert.«

» . . . Gesetzt den Fall also, die Geschichte mit Fra Sebastian und Fra Adalbert soll uns bloß Sand in die Augen streuen, was den eigentlichen Grund von Josts Maltaaufenthalt betrifft – tatsächlich einmal angenommen, Baleja arbeitet mit Jost oder von mir aus auch mit den de Nevas zusammen –, wie würdest du seine Rolle in diesem Verwirrspiel interpretieren?«

»Auch wieder ganz schwer zu beurteilen. Journalisten schnappen immer eine Menge mehr auf als Normalbürger . . . vielleicht ist er von Jost engagiert worden, vielleicht von den Maklern. Ich kann nur wiederholen: Ich blicke einfach nicht durch, wer welche Interessen mit wem verfolgt. Nur daß es nicht um das Gold der Ordensritter geht, davon bin ich unterdessen ziemlich überzeugt.« Harry schaute auf seine Armbanduhr. »Es ist gleich acht. Willst du mit ins Calypso?«

»Warum nicht, Jost fliegt so oder so nächste Woche – ich hab sein Ticket gesehen –, und da sollte ich langsam vorsorgen, wegen der einsamen Inselabende . . . ab jetzt wird die Auswahl immer spärlicher.«

»Rauna fährt Sonntag«, sagte Harry. »Mirja bleibt noch ein

paar Tage länger.« Rauna und Mirja waren Harrys Finninen. »Wenn die dann weg ist, müßte ich mich allerdings auch neu . . . orientieren.«

Es war stockdunkel. Rita fuhr. Harry hatte den Beifahrersitz des Mini soweit es ging zurückgeschoben, um einigermaßen bequem zu sitzen. Das gelbe Nummernschild kennzeichnete das Fahrzeug als Leihwagen. Die Befestigungsschrauben waren locker, und das Schild klapperte bei jeder Unebenheit. »Das nervt ja vielleicht. Können die dir in Nadur nicht ein vernünftiges Auto geben, immer diese kleinen Marterschüsseln.«

»Minis sind billig und wendig. Der hier hat sogar eine aufgemotzte Maschine.« Sie gab Gas.

»Hör um Gottes willen auf, diesen Rüttelkasten zu heizen, ich bekomme sonst Darmverschlingungen.«

Als Antwort wurde das Pedal energischer nach unten getreten. Sie waren in Rekordzeit in Rabat und bogen rechts nach Marsalforn ab. Rita fuhr auf den Hotelparkplatz. »Er ist schon da.«

Vellas Mercedes war unverwechselbar. »Leucht mir mal einen Moment. Ich schraub schnell das Schild fest.« Harry wußte, Toni hatte Werkzeug im Kofferraum, und das Schloß ließ sich nicht mehr abschließen. Er hob die Haube. »He! Schau dir das hier an!« Rita kam mit der Taschenlampe. Der matte Lichtkegel fiel auf Sauerstoffflaschen, einen grellgelben Neoprenanzug und einen starken Unterwasserscheinwerfer. Sie deutete auf den Einnäher im Anzug. »XXXL. Da passen wir beide locker rein. Größe *Übergröße* – einwandfrei für Toni. Wollte Jost eure Sachen nicht erst morgen oder übermorgen im Dive Shop abholen? Das Zeug hier scheint ja alles für Sinjur Vella zu sein.«

Harry drückte die Haube leise zu. »Ja, und das irritiert mich jetzt ziemlich. Daß er früher viel getaucht ist, weiß ich. Aber er scheint ja heute nacht was vorzuhaben, oder wie erklärst du dir den Krempel hier sonst?«

»Ist ganz einfach«, sagte Rita. »Entweder er ist voll am Be-
chern, wie jeden Abend um diese Zeit, oder er trinkt Mineralwasser – was ich noch nie gesehen habe.«

Kaptan Vella trank kein Mineralwasser, er hatte ein Ginger
Ale vor sich stehen.

»Ich war gerade im Begriff zu gehen. Das mit der *Delfin*
morgen klappt, ab frühem Nachmittag. Die Libyer bringen sie
nach Xlendi rein, weil sie da wohnen, aber ihr seid ja motori-
siert.«

»Ein Katzensprung, wenn meine Schwester chauffiert.
Magst du einen Cognac, Toni?«

»Vielen Dank, aber morgen hab ich einen Termin beim
Zahnarzt. Letztes Mal hat die Spritze kaum gewirkt. Der Arzt
meinte, es käme vom Alkohol. Das will ich mir nicht noch einmal antun, ohne Betäubung!«

»Einen kleinen nur, hab dich nicht so!« drängelte Harry.
»Ist bis morgen früh verflogen.«

Der Malteser erhob sich vom Barhocker und schüttelte
energisch den Kopf. »Wirklich nicht, Harry. Ich hol alles nach.
Großes Ehrenwort, aber bitte nie wieder solche Schmerzen
beim Bohren wie letztes Mal. Lieber heute nüchtern in die
Heia.«

Rita und Harry schauten sich vielsagend an, als Toni die Bar
verließ. »Na?«

»Tja«, sagte Harry und bestellte einen doppelten Espresso,
»wird wohl eine lange Nacht für mich werden.«

»Paß bloß auf«, sagte Rita, »daß du dich nicht in was ein-
mischst, wo dann später unsere Fotos in allen Zeitungen er-
scheinen, etwa: ›Deutsche Schatzsucher fahnden nach Rommel-Gold.‹ – Du kannst Gift darauf nehmen, Harry, wenn es
der Teufel will, ist irgendein Finanzheini aus *Good Old Germany* gerade dann auf Urlaub hier.«

19

Was will er?‹ Harry duckte sich tiefer in die Fenchelsträucher und rutschte näher an den Klippenrand. Ein voller Mond war durch die Wolkendecke gebrochen und beschien für einen Moment den steilen Küstenstreifen von Ta Cenc. ›Warten, bis Toni wieder hochkommt?‹

Nein, der Mann, der in gebührendem Abstand hinter Vella den Ziegenpfad zur Pawlus Grotto hinabgestiegen war, streifte eine Taucherbrille über und ließ sich ins Wasser gleiten, so viel konnte Harry gerade noch erkennen, dann verschwand der Mond hinter einer Wolkenbank. ›Er muß seine Ausrüstung dort unten deponiert haben.‹

Als Alfredo de Neva dicht an Harrys Versteck vorbeigeschlichen war, hatte er die Sauerstoffflasche jedenfalls nicht dabeigehabt.

Es war ein kleiner Stahlzylinder, mit dem Alfredo abtauchte. Harry schaute auf die Uhr. ›Maximal fünfzehn Minuten. Toni hat mehr Zeit, seine Flasche faßt das Doppelte.‹

Es fing wieder an zu regnen.

Toni Vella richtete den Unterwasserscheinwerfer auf den handkofferförmigen Quader in der Felsspalte, den er mühsam unter einer Schlickschicht freigelegt hatte und stocherte mit dem Tauchermesser in der Muschelkruste. Die Klinge war magnetisch und reagierte augenblicklich.

Er begann fieberhaft zu arbeiten. Als der Quader vom Untergrund gelöst war, hakte er ein zusammengefaltetes Nylonnetz vom Gürtel und umwickelte damit seinen Fund. Er merkte noch, wie sich etwas über ihm bewegte, das vorher nicht da gewesen war, dann spürte er einen feurigen Schmerz im Rücken explodieren – dann nichts mehr.

Der Schatten über Vella wartete, bis sich der aufgewühlte Sand gesetzt hatte, griff mit beiden Händen nach dem grellroten Stab, der aus dem gelben Neoprenanzug ragte und bugsierte den Eigner der *Delfin* in einen Teil der Höhle, wo meterlanger Blattang ein schier undurchdringbares, waberndes Gestrüpp vor diversen Kalksteinausbuchtungen bildete.

Der Taucher schien sich in der Unterwasserlandschaft bestens auszukennen, denn er benutzte lediglich eine schwache Handlampe. Er teilte den Tangvorhang, schob Vella in eine Nische und beschwerte den Körper mit herumliegenden Geröllbrocken. Er holte den Scheinwerfer und legte ihn zusätzlich als Ballast auf Tonis Füße. Der Pflanzenvorhang schloß sich hinter Kaptan Vella.

Nach einem Blick auf die verbleibende Tauchzeit sammelte er schnell das Netz auf und drückte es unter den muschelverkrusteten Quader. Die Stelle von Vellas Fund brauchte er nicht zu markieren, in der labyrinthischen Schlickgrotte fand er sich notfalls auch bei völliger Dunkelheit zurecht.

›Das fette Schwein hat verdammtes Glück gehabt‹, dachte er grimmig, findet gleich beim ersten Mal eine Kassette, während ich hier seit Wochen wie ein Blöder rumkrauche. Fettsack! Sein Alter muß ihm die Stelle wirklich ganz genau beschrieben haben!‹

Er machte sich auf den Rückweg und schwamm, bis er die Einstiegsstelle am Rand des Ziegenpfades erreicht hatte, unter Wasser.

Es hatte sich eingeregnet. Harry bemerkte ihn erst wieder, als er sich auf die betonierte Stufe hievte, an der die Leute aus Qala ihre Boote festmachten, wenn sie in diesem Küstenabschnitt fischten. Ein metallisches Klacken, gefolgt vom Geräusch knisternder Plastikfolie. ›Er verpackt die Ausrüstung‹, schoß es Harry durch den Kopf.

Augenblicke später lief Alfredo de Neva um den Felsvorsprung, auf dem Harry Beobachtungsposten bezogen hatte, die Schwimmflossen hingen am Gürtel, die Taucherbrille war in die Stirn geschoben.

›Doch nicht! Er hat die Flasche noch um. – Wo steht sein Wagen?‹ Beruhigt vernahm er, wie der Landrover weiter links, Richtung Mgarr ix-Xini, gestartet wurde, dort, wo Toni geparkt hatte. ›Fast hätte ich den Mini auch da hingestellt!‹

Das Motorgeräusch entfernte sich. Harry verließ sein Versteck. Vella würde er schon rechtzeitig bemerken. Er fand die Plane, in die Alfredo seine Harpune gewickelt hatte.

Der Regen fiel heftiger. Trotz Ölzeug wurde es recht ungemütlich, die feingliedrigen Fenchelbüsche boten alles andere als optimalen Wetterschutz. Der meerseitige Wind drückte den Regen horizontal gegen die Steilküste. Eine Zigarette, in der hohlen Hand gehalten, erlosch nach zwei Zügen. ›Scheiße, wo bleibt er bloß?‹

Eine Viertelstunde später gab er auf. ›Wird wohl doch wegen der Brandung nach ix-Xini rein sein.‹

In Mgarr ix-Xini waren vor Wind und Wellengang geschützte Treppen für die Badegäste des Ta-Cenc-Hotels angelegt worden.

Harry fuhr den Mini hinter das Wasserreservoir und wartete. Niemand kam auch nur in die Nähe des Heckflossen-Oldtimers am Rand des Kartoffelackers, der genau an der Stelle angelegt worden war, wo einst die schweren MGs standen, die die tieffliegenden Bomber der Regia Aeronautica und der Luftwaffe unter Beschuß genommen hatten, wenn die Piloten, von Meereshöhe kommend, ihre Maschinen über die Klippen der Südküste Gozos steil hochgezogen hatten.

Nach einer vollen Stunde im Auto, fröstelnd, aber wenigstens im Trocknen, ohne Tonis Mercedes auch nur eine Sekunde aus den Augen gelassen zu haben, fuhr Harry nach Qala zurück.

Irgend etwas war hier oberfaul.

140

Im ersten Stock brannte Licht, als er den Morris vorsichtig rückwärts durch die enge Einfahrt rangierte. Die Hunde auf dem Nachbargrundstück hatten angeschlagen, aber dann den Wagen erkannt und waren schwanzwedelnd hinter dem Maschendrahtzaun nebenhergelaufen. Die Geschwister ließen den Rottweilern häufig Leckerbissen zukommen, sehnige Fleischreste und knorplige Knochen, und wurden dafür von der Meute als quasi zur Familie gehörig eingestuft.

Rita hatte noch gelesen, den Bestseller der Saison, J. S. Abelas *The Loggia of Malta*. Sie zog den dicken Marinepulli über, bevor sie nach unten ging. Die Glut in der offenen Feuerstelle strahlte kaum mehr Wärme ab. Sie holte eine Wolldecke vom Sofa, wickelte sich darin bis zur Hüfte ein und setzte sich in einen der schweren Sessel.

»Ich muß gestehen, ich kann mir keinen Reim auf alles machen.« Harry hockte sich vor die Kaminöffnung und massierte seine klammen Hände.

»Was war denn?«

»Wenn ich das nur wüßte! – Der blöde Mini hat übrigens keine Heizung, jedenfalls keine die funktioniert. Ich bin fast gestorben!«

»Ein bißchen verfroren siehst du allerdings aus. Aber reden wirst du ja noch können. – Also, mach's nicht so spannend und erzähl schön der Reihe nach!«

Harry setzte sich auf den Sessel gegenüber und angelte nach der Dimple-Flasche. »Du auch?«

Sie schüttelte den Kopf.

Er fand sein altes Glas und goß großzügig ein. »Ich glaube, unser Freund Toni hat sich eine sehr riskante Freizeitbeschäftigung ausgesucht.«

Rita wußte so gut wie Harry, daß Toni seine Motorjacht nicht bloß mit zahlungskräftigen Touristen auslastete. Tunesien und Libyen waren schließlich nahe und die *Delfin* hochseetüchtig. »In der Zeitung hat etwas über Unmengen beschlagnahmter Zigaretten gestanden.«

»Möglich«, sagte Harry und schenkte sich nach. »Ich würde allerdings auch auf Waffen oder Alkohol tippen, weil der de-Neva-Clan da mitmischt. Die geben sich nicht mit ein paar Zigaretten ab. – Nein, unmöglich ist natürlich so eine Schmugglergeschichte nicht, aber ich werde einfach das Gefühl nicht los, alles hier hat mehr mit dem Auftauchen von Jost in dieser Weltgegend zu tun – und mit diesem Baleja.«

Rita legte sich eine zusätzliche Wolldecke um die Schultern. »Wir sollten erst abwarten, ob ihn sein Neffe nicht doch draußen mit der *Delfin* aufgefischt und nach Xlendi reingebracht hat und sie den Daimler dann später abholen.«

»Weiß auch nicht warum, aber ich glaub nicht mehr dran!«

»Wegen der Harpune?«

»Wahrscheinlich«, sagte Harry. »Jedenfalls leg ich mich erst mal für ein paar Stunden aufs Ohr und fahr dann nochmal rüber nach Ta Cenc. Ist der Wagen noch da und erscheint Vella nicht zur Mittagsschicht im Hotel, wäre der Fall für mich klar.«

»Wenn es tatsächlich so kommen sollte, müßten wir rauskriegen, ob es stimmt, was Jost im Rausch geplaudert hat.«

»Wird nicht einfach werden, Rita. Falls Vella verschwunden bleibt, nehme ich heute noch die 3-Uhr-Fähre und treibe in der Nationalbibliothek meine eigenen Second-World-War-Studien. – Aber jetzt bin ich echt vollkommen hinüber.« Er stand auf. »Wo ist der Wecker? Ohne den penn ich garantiert bis übermorgen durch!«

»Bei mir im Zimmer. Ich bring ihn dir runter. Reicht elf?«

»Besser halb. Ich muß ja eventuell noch ins Calypso und bei ihm zu Hause vorbeischauen. Soll ich dich nachher wachmachen?«

»Nein, ich will noch weiterlesen. Laß mich ausschlafen.«

»Ja?«

142

»Paß wirklich auf, daß wir nicht ins Gerede kommen!«

Als sie wenig später den Wecker auf den Kaminsims stellte, schlief er schon fest.

20 ___

Als der Wecker klingelte – eigentlich war es mehr ein penetrantes, elektronisches Zirpen –, galt sein erster Blick dem Wetter: endlose, graue Wolkenbänke, deren Farbe an den Tarnanstrich von Kriegsschiffen erinnerte, Zweige der Zitronenbäume, die rhythmisch gegen die Hauswand und das Fenster klatschten. Harry duschte heiß und wählte adäquate Kleidungsstücke aus: ein buntes Flanellhemd, großkariert und warm, Jeans, ein solides Cordjackett, eine schwarze Baseballmütze.

Er öffnete die Tür einen Spalt breit. Rita schlief. Neben ihrem Bett lag das Buch. Dem Lesezeichen nach zu urteilen, hatte sie den Roman fast ausgelesen.

In der Küche fand sich ein Stück Brot, das er aß, während das Teewasser kochte. Earl Grey im Beutel, Zitronenmarmeladentoast, eine Camel.

Auf den Platten des Stellplatzes glänzten vereinzelte Pfützen. Harry holte ein Tuch aus dem Fahrertürfach und polierte die Frontscheibe des Mini. Nachdem er sich den Sitz zurechtgerückt und den Schirm der Baseballmütze nach hinten gedreht hatte, ließ er den Motor an. Er schlug das Lenkrad ein, spürte einen leichten Widerstand und setzte zurück. Die Stoßstange war an den Lichtschrankenpfosten geschrammt, kein Drama, denn die überempfindliche Alarmanlage hatte in diesem Jahr bereits vor den Winterregenfällen ihren Geist aufgegeben.

Fünfzehn Minuten bis zum Wasserreservoir. Harry fuhr nicht bis zu den Tanks, sondern parkte in der Nähe einer Anhöhe, wo er den Klippenrand überschauen konnte, ohne selber gesehen zu werden. Der Hügel war Teil einer Obstplantage, die Bäume waren kahl.

Harry stieß einen Pfiff aus: Kein Auto weit und breit!

›Entweder war Vella doch noch hiergewesen, während er geschlafen hatte . . . oder was eigentlich? – *Oder die de Nevas haben den Daimler weggeschafft, um von der Tauchstelle abzulenken!*‹

Er stieg wieder ein. ›Gleich zum Calypso?‹ Er überlegte. ›Nein, er könnte auch nach Xlendi gefahren sein.‹ Die *Delfin* lag gewöhnlich dort vor Anker.

Der bessere, aber längere Weg führte durch Fontana, und Harry wollte nicht riskieren, den Mini mit seinen winzigen 12-Zoll-Rädern in einem Schlagloch zu versenken – also Fontana.

Xlendi hielt Winterschlaf. Der Bus aus Victoria entließ ein einziges, ganz offensichtlich deutsches Alternativ-Reisen-Pärchen, beide mit Rucksack und verwaschenen T-Shirts unter den Goretex-Jacken. Harry vermutete, daß die gesundheitsbeschuhten Füße in handgestrickten Socken aus garantiert naturbelassener Wolle steckten.

All das wäre ihm wahrscheinlich entgangen, hätte die Frau nicht eine Wanderkarte auf der Kühlerhaube eines alten 190er entfaltet und dabei fortwährend auf ihren vollbärtigen Gefährten eingeredet. – Tonis Daimler! Direkt neben der Bushaltestelle!

Harry fuhr langsam vorbei. Die Frau hämmerte von Zeit zu Zeit wenig lackschonend mit einem Kugelschreiber auf die Karte und schien die Marschroute festzulegen, der Bärtige nickte gütig im Takt dazu wie ein Patriarch, war aber kaum älter als zwanzig.

Harry rollte weiter bis zum Hafenbecken. Ein Fischer flickte ein Netz auf dem Kai.

Ja, Toni Vella kenne er, nein, gesehen habe er ihn nicht. Sein Schiff? Natürlich wisse er, daß ihm die *Delfin* gehöre. Sie sei gerade raus, mit den Libyern. Ob mit Vella? Nein, der sei bestimmt nicht an Bord gewesen, er habe die ganze Zeit hier sein Netz ausgebessert, und den dicken Toni könne man ja unmöglich übersehen, oder?

Harry stimmte dem zu und bedankte sich für die Auskunft. Als er den Wagen wendete, sah er das Pärchen die Hafenpromenade Richtung Xlendi Tower entlangmarschieren. Die Frau lief zwei Meter vorneweg.

Das dunkle Cover mit dem weißen Malteserkreuz von J. S. Abelas *The Loggia of Malta* begrüßte ihn im Foyer des Calypso Hotels. Die Rezeptionsdame schien gerade bei einer besonders spannenden Stelle angelangt zu sein, denn sie beachtete Harry überhaupt nicht. Er räusperte sich vernehmlich, und sie legte widerstrebend das Buch beiseite. »Ja, bitte?«

»Ich suche Herrn Vella.«

»Tut mir leid, er arbeitet heute nicht.«

»Ärgerlich. Ich war fest mit ihm verabredet. Wissen Sie zufällig, wo er ist? Vielleicht zu Hause?«

Die Frau schüttelte den Kopf und griff wieder nach ihrer Lektüre. »Zu Hause werden Sie kein Glück haben. Die von der Frühschicht hatten mehrmals bei ihm angerufen.« Mißgelaunt fügte sie hinzu. »Ich bin für ihn eingesprungen.«

Harry fuhr, was der Motor hergab, direkt nach Mgarr.

Gegenüber vom Fähr- und an den Fischerhafen grenzend, entstand Mgarr Marina: Liegeplätze speziell für Jachten und Sportboote. In den schon fertiggestellten Boxen dümpelten die Schiffe dicht an dicht.

Die *Gracia* lag zwischen einem hohen Zweimaster mit dem verheißungsvollen Namen *The New Titanic* und einem breiten Hochseekatamaran, dessen Silberlettern *Atlantis* auch nicht gerade Unsinkbarkeit beschworen.

Alfredo de Neva war damit beschäftigt, in der Steuerhauskajüte den Schalldämpfer der Beretta zu richten, als er den

Mini auf der abschüssigen Hafenstraße vor Velson's Vinery entdeckte. Dann verschwand der Morris hinter der Gleneagles Bar und rollte kurz darauf in den Stauraum der *Cittadella*.

De Neva war im Nu am Ticket Office der Gozo Channel Line. Der defekte Auspuff seiner Honda störte weder den diensthabenden Sergeant, der routinemäßig alle Zulassungsnummern der einschiffenden Fahrzeuge in einer zerfledderten Kladde notierte, noch sonst jemanden. Während er mit der Maschine über die Bugklappe fuhr – das zerkratzte Visier seines Sturzhelms behielt er heruntergeklappt –, sah er, wie der Deutsche die Wagentür schloß und auf den Treppenschacht zuging, der hoch in die Cafeteria führte.

Er fand ihn auf der Steuerbordseite. Die stoppelbärtigen Lastwagenfahrer, die in aller Frühe aus Malta herübergekommen waren und deren riesige, leere Zementtransporter jetzt den Frachtraum für Lkws füllten, saßen bei süßem Instant-Kaffee und spielten Karten.

In der Cafeteria plauderte ein gutgekleideter Priester mit einer Großfamilie aus Victoria und verteilte dann fromme Traktate an alle Passagiere.

De Neva holte sich ein Sandwich und setzte sich auf die Nachbarbank.

Der Deutsche hinter ihm blätterte in einer Zeitung. Sein Beschatter wünschte Gedanken lesen zu können.

»*Kif inti, Duttur?*« Warberg zog einen Stuhl heran.

Joseph Baleja wandte sich amüsiert um. »Hört, hört! Ein Tourist, der auf dem besten Weg ist, sich sprachlich zu assimilieren! – Aber vielen Dank für die Nachfrage, es geht mir blendend! Werfen Sie mal ein Auge hierauf, und Sie werden wissen, warum! Das Rätsel der verschwundenen Heitersheimer Kontribution beginnt sich nämlich peu à peu zu lösen – was keineswegs bedeutet, daß nicht um so mehr Fragen auftauchen, wie das alles *so unbemerkt* passieren konnte!«

Warberg setzte sich neben den Malteser und überflog das hingehaltene Blatt. Es handelte sich um die detaillierte Beschreibung eines silbernen Altarkreuzes von beachtlichen Ausmaßen. »Donnerwetter, da haben Sie ja einen Volltreffer gelandet, gratuliere!« Warberg nickte anerkennend. »Ich denke, das sollten wir feiern!« Er tippte an Balejas leeres Glas. »Ober, bitte noch zwei davon! – Woher stammt das Dokument?«

Baleja drehte das Papier. Warberg entzifferte: »Mdina, muzew tal-katidral.«

Fred, der schlurfende Kellner, brachte die Gläser.

›Sahha‹, prostete Warberg »und möge Paolo de Neva im Grab rotieren vor Wut, daß Sie ihm sein Geheimnis scheibchenweise entreißen!«

»Sahha« sagte Baleja. »Interessant, nicht wahr? Und dieses Dokument ist mir wirklich ganz zufällig in die Finger geraten, weil der Fotograf, der die Casa Felice aufnehmen wollte, sich verspätet hatte und ich mir im Kathedralenmuseum die Zeit damit vertrieben habe, in alten Spendenbüchern zu blättern. Paolo de Neva hat das Altarkreuz – ein Jahr nach dem Tod von Fra Adalbert – anläßlich seiner Wiederwahl zum Capitano della Verga gestiftet. Ich habe versucht auszurechnen, wieviel damals ein Kreuz dieser Größe in Massivsilber gekostet haben mag, und bin auf die Summe von mindestens eintausend Goldscudi gekommen. Ganz Malta war in den Jahren nach der Großen Belagerung knapp bei Kasse, nur der de-Neva-Clan – anders kann man es gar nicht nennen – schwamm geradezu im Geld!«

»Haben denn die in Mdina irgendeine Erklärung für den rätselhaften Geldsegen ihrer Vorfahren?«

»Sie können sie selber fragen.«

Warberg hob erstaunt die Augenbrauen. »Wie . . .?«

»Um nichts unnötig zu komplizieren, habe ich mir nämlich erlaubt, Sie nachher in der Casa Felice mit anzukündigen. Ich hab gesagt, Sie wären ein Wissenschaftler, der sich mit maltesischer Geschichte beschäftigt – stimmt ja auch. Ich dachte, das Innere eines unserer Adelspaläste kennenzulernen würde Sie interessieren. Es ist im allgemeinen recht schwer, bei den alten Familien eingeladen zu werden. Die Notabilità von Mdina bleibt auch im Zeitalter der Demokratie möglichst weitgehend unter sich.«

»Kein Malta-spezifisches Phänomen. Ich selbst habe einen Großonkel, der . . .«

»Wissenschaftler!« Gracia de Neva verzog verächtlich die Mundwinkel. »Baleja hat mir allen Ernstes weismachen wollen, sein Begleiter sei ein ausländischer Kollege!«

»Hat er seinen Namen genannt?« Alfredo schärfte sein Tauchermesser an einem Küchenstahl.

»Klang wie ›Wahbegg‹ oder ›Warbegg‹, sagte, daß er über die Johanniter arbeitet.«

»Dann verstehe ich nicht, worauf sich das ›Kollege‹ bezieht. Baleja schmiert für Zeitungen.«

»Ich schon. Er hat mir eine Andeutung gemacht, daß er Journalist ist, weil er von seinen Geschichtsforschungen allein nicht leben kann.«

Georgio blickte sie fragend an. »Was forscht er denn? Würde mich schon interessieren. Die Ereignisse des Zweiten Weltkriegs fallen unterdessen auch unter ›Historische Studien‹!«

Alfredo de Neva nickte. »Volltreffer! Genau so verhält es sich! Ich habe vorhin im Autorenkatalog der Bibliotheca nachgeschlagen. Sein Spezialgebiet ist zwar das Jahrhundert der Großen Belagerung, aber ein J. Baleja zumindest hat mehrere Aufsätze über Kriegsschäden an Baudenkmälern der Ordenszeit geschrieben. – Ein Dr. J. Baleja, geboren in Mdina, jetzt wohnhaft in Valletta!«

»Na bitte, wer sagt's denn! Er hat sich also mit dem Luftkrieg befaßt.« Georgio faltete zufrieden die Hände vor dem

Bauch. »Und dieser Typ aus Qala hat sich Notizen aus *Rommels Nachschublinien in die Cyrenaika* gemacht. – Glaubt mir! Sie sind alle hinter dem Flugzeug her!« Er schaute meditativ auf seine gefalteten Hände. »Nur mit Vella haben sie offenbar nicht zusammengearbeitet. Sonst hätten sie auf sein Verschwinden anders reagiert. Ich war noch bis zum Nachmittag auf Ta Cenc. Ein Bauer hat gegen Mittag nach seinen Feldern geschaut, aber sonst habe ich niemanden gesehen.«

»Die Frau aus Qala ist nicht aufgetaucht?«

Georgio de Neva schüttelte entschieden den Kopf. »Garantiert keine Frau. Einer von den Bauernlümmeln, wie gesagt, kariertes Hemd, Baseballmütze und so weiter, also wohl das reine Gegenteil von blonden Germanisi in Bermudashorts.«

»Und der Doktor?«

»Der *wäre* mir mit Sicherheit nicht entgangen, wenn er mit Krawatte und Anzug in den Klippen herumgeturnt wäre! Außerdem hätte er einen Hubschrauber nehmen müssen, um rechtzeitig mit seinem ›Historikerkollegen‹ hier in der Casa zu sein.«

Ein Scharren an der Tür zum Innenhof wurde immer lauter. »Mawmett will rein.« Gracia de Neva öffnete. Der Dackel rannte zielstrebig zum Baron.

»Na, mach hopp!«

»Laß ihn nicht auf die Sessel, er haart wieder.«

»So? Na, dann komm mal lieber auf Herrchens Schoß.« Er legte seinen Arm um den Dackel.

Alfredo zerrte einen der schweren Vorhänge vor die Tür. »Es zieht überall in diesem alten Schuppen! – Kann ja morgen heiter werden, wenn es so kalt bleibt.«

»Egal«, sagte Georgio de Neva, »morgen nacht oder nie! Solange sie noch vor Xlendi nach Vella suchen, müssen die Kassetten hoch.«

Mawmett begann davonzurobben. Die Baronin warf ihm

einen vernichtenden Blick zu, und der Hund kroch auf Georgios Schoß zurück. »Verstehe nicht, warum man ihn ausgerechnet dort gesehen haben will.«

»Es gibt durchaus eine plausible Erklärung!« Alfredo lehnte sich behaglich in seinem Sessel zurück. »Der Zoll hat neulich vor Xlendi einen tunesischen Kutter aufgebracht, randvoll mit Zigaretten, und seitdem kocht die Gerüchteküche über. Mehrere Gruppen teilen sich den Markt. Vella war dick drin im Libyengeschäft, da kollidiert man schnell mit irgendwelchen Rivalen. – Was uns sehr zupaß kommt: *Loly soll auch mitgemischt haben!*« Alfredo grinste breit. »Es kommt aber noch besser! Mein Informant vermutet einen direkten Zusammenhang zwischen dem Dynamitunfall und Vellas Verschwinden. Ist das nicht köstlich? Er denkt, Loly und Vella haben die Konkurrenz verpfiffen und sind deshalb im Gegenzug von einer der Organisationen aus dem Verkehr gezogen worden. Wie findet ihr das?«

Gracia de Neva schaute ihren Mann an. »Dem sollte man nicht widersprechen, nicht wahr, Georgio?«

»Keineswegs, meine Liebe, keineswegs!« Mawmett rekelte sich wohlig, als der Baron seinen Bauch kraulte. »Uns kann alles nur recht sein, solange keiner auf die Idee kommt, nach Vella vor Ta Cenc zu suchen.«

»Aber noch mal meine Frage, Alfredo: Warum will man ihn ausgerechnet in Xlendi gesehen haben, warum nicht in Mgarr oder Marsalforn?«

»Ganz einfach, Mutter! Vella und seine Leute hatten ihre Basis in Xlendi.«

Im Innenhof miaute es. Mawmett wurde unruhig.

»Aus!« zischte die Sinjura.

»Ich laß ihn wieder in den Garten.« Der Baron stand auf und schüttelte sich die Hundehaare vom Pullover. »Er gibt ja doch keine Ruhe, wenn er die Katzen hört.«

»Ach, da fällt mir noch was ein. Als der Deutsche ...«

»Ja . . .?« sagte Alfredo.

»Was ist mit ihm?« sagte sein Vater.

»Er hat sich lange die Truhe angeschaut, meinte, sie stamme aus Deutschland.«

»Welche Truhe?«

Sie deutete auf eine eisenbeschlagene Eichenkiste neben der Tür.

Der Baron schüttelte langsam den Kopf. »Das, meine liebe Gracia, war mit Sicherheit ein Vorwand!«

Klein, halb vom Vorhang verdeckt, hing über der Truhe silbergerahmt das vergilbte Foto Baron Gianni de Nevas in der schlichten Uniform der Malta Voluntary Coast Guard.

»Ohne Kamin wäre es jetzt kaum auszuhalten. Alte Farmhäuser mögen im Sommer ideal sein, aber wenn die Kälte erst mal in den dicken Wänden festsitzt, dann danke schön!«

»Mach es wie die Malteser, Rita! Lolys Frau trägt im Haus Wollhandschuhe.«

Harry legte Holz nach. »Die Leute im Lesesaal saßen in dikken Pullovern, und der Mensch von der Buchausgabe hatte sogar eine Pudelmütze auf.«

»Warum hast du das Buch nicht mitgebracht?«

Harry rückte einen eisernen Dreifuß, an dem ein schwarzberußter Kupferkessel hing, weiter ins Zentrum der Glut. »Meine Papiere waren in der anderen Jacke. – Was soll's, ich hab die wesentlichen Infos ja bekommen.«

Luftwaffen-Major Ernst von Warberg, Ritterkreuz in Norwegen, Geschwaderführer der zweiten Flugbootstaffel, verantwortlich für Transportflüge . . . Und dann war ihm beim Blättern eine Bildunterschrift ins Auge gesprungen:

Nachtflugtaugliche Dornier-Wasserflugzeuge transportieren selbst während der Herbst- und Winterstürme Nachschub und Sold für Rommels moslemische Hilfstruppen in die Cyrenaika.

Worin die Entlohnung der Nordafrikaner bestanden hatte, darüber klärte die nächste Seite auf:

Die Sheiks der anti-britischen Muselmanenkämpfer erhielten ihre Entlohnung in Gold- und Silbermünzen ausgehändigt.

Die Suppe begann zu brodeln. Harry warf gepulte Krabben in den Topf. »Die brauchen bloß kurz zu ziehen, dann können wir essen.«

»Lolys Schwager scheint sich um die Familie zu kümmern. Ich hab ihn heute auf dem Feld gesehen.« Rita deckte den Tisch. »Die Krabben sind von ihm.«

»Er ist auch Fischer«, sagte Harry. »Was ist da drin?« Eine Plastiktüte lag auf dem Kaminsims.

»Die Knochen von gestern«, sagte Rita. »Du kannst sie nachher den Hunden bringen.«

Sie hatte den Abwasch in der Spüle zusammengestellt und brachte eine neue Flasche Inselrotwein. »Geh ich recht in der Annahme, es wäre ratsamer, Jost würde morgen nacht keine Gelegenheit haben, Unterwasseraufnahmen zu machen?«

»Kluges Mädchen!« Harry entkorkte. »Die de Nevas müssen, was immer sie vor Ta Cenc zu bergen gedenken, schnell handeln.«

»Mir nur halbvoll!« Rita hielt Harry ihr Glas hin. »Bin doch sehr gespannt, was für ein Gesicht Jost macht, wenn er von Tonis Verschwinden erfährt – falls er nicht eh schon Bescheid weiß. Es steht wahrscheinlich groß in allen Zeitungen.«

Harry goß ein. »Oder er hat da selbst mitgemischt . . .«

»Nein, Harry. Daß er und dieser Baleja was im Schilde führen und sie uns nicht unbedingt alles auf die Nase binden, das glaube ich auch – aber mit den de Nevas machen die keine gemeinsame Sache, dagegen spricht die simple Tatsache, daß ihr andauernd beschattet worden seid. – Vella und die de Nevas, *das* wäre denkbar!«

153

»Hmmm.« Harry roch an dem Cabernet Sauvignon. »Hmmm . . . und warum beseitigen sie ihn dann?«

Rita setzte sich zu Harry auf das Ledersofa. »Vielleicht hat er auf eigene Faust abgreifen wollen, wer weiß?«

»Ist auch egal«, sagte Harry. »Bald sind wir klüger.«

»Ich werde mich opfern und meinen Freiherrn nach dem Abendessen als Nachtisch vernaschen und einfach nicht mehr aus dem Bett lassen.«

Harry grinste. »Oh, du Opfermütige!«

21

Warberg war der einzige auf der frühen Gozo-Fähre, der sich von Zeit zu Zeit nach draußen wagte, die anderen Passagiere kommentierten Wind und Wellengang lieber aus der Geborgenheit des verglasten Restaurantdecks.

Er war irritiert, und es fiel ihm schwer, ruhig sitzen zu bleiben, bis die *Xlendi* in Mgarr antaute. Wieder und wieder überdachte er die Formulierung, die der Berichterstatter der ›Malta Times‹ gewählt hatte: »Vom Eigner der *Delfin* fehlt bislang jede Spur.« – Was das auf einer dichtbesiedelten Insel bedeutete, wo jede entlaufene Hausente binnen Stundenfrist aufgestöbert wurde, war ihm klar.

»*Küstenwache, Polizei und Seenotrettungsdienst suchen seit gestern mittag nach Anthony P. Vella, Manager im Calypso Hotel, Marsalforn und Besitzer der Motorjacht* Delfin. *Sur Vella wurde zuletzt in Xlendi gesehen, als er in einer Luzzo den Hafen verließ. Sur Caruana, Fischer, und Sinjura Bartolo, Geschäftsführerin im Souvenirshop von Rose Attard, erklärten unabhängig voneinander, daß Kaptan Vella gegen 8 Uhr 15 in der Hafenmitte Probleme mit dem Außenbordmotor hatte und ihn erst nach etlichen Startversuchen erneut in Gang bringen konnte. Vom Eigner der . . .*« Es folgte eine Personenbeschreibung.

Die Zeitung war Warberg auf den Frühstückstisch geflattert, und er hatte sofort versucht, Baleja anzurufen, ob der vielleicht dank seiner Presseverbindungen mehr über den Vorfall wüßte, aber er war bereits außer Haus, und die Geschwister besaßen in Qala kein Telefon.

Als die Fähre festmachte, stand der Mini schon vor dem Hafencafé. Rita war alleine gekommen. Sie hob die Times, zur Begrüßung. »Hast du das gelesen?«

Warberg nickte. »Was Neues?« Er setzte sich neben sie und umarmte sie.

»Nein, aber man glaubt an einen Unfall auf See.«

»So rauh war das Wetter doch nicht, daß ein erfahrener Skipper wie Vella einfach in einem Motorboot absäuft!«

»Schon sehr merkwürdig, aber Fakt ist: Er ist und bleibt spurlos verschwunden.«

»Also sind die Unterwasseraufnahmen heute nacht gestorben.« Das Makabre an seiner Wortwahl schoß ihm durch den Kopf. Rita schien es überhört zu haben.

»Vermutlich. Die *Delfin* ist übrigens vorhin von der Coast Guard nach Malta gebracht worden. Sollen wir versuchen, ein anderes Schiff zu mieten? Obwohl, ich bezweifle . . .«

Ritas Zweifel erwiesen sich als berechtigt. Sergeant Grech, der sie vor der Station ansprach, nachdem sie unverrichteter Dinge mit einigen Schiffseignern in der Gleneagles Bar verhandelt hatten, erklärte das so: »Die Leute sind wegen Toni Vella ein wenig verunsichert, müssen Sie verstehen, und dann war ja auch vorige Woche die Sache mit Loly – außerdem ist Schlechtwetter im Anzug, und da gibt sowieso keiner sein Schiff weg.«

»Kismet«, sagte Warberg und faltete sich auf den Beifahrersitz zusammen.

»Kiss me«, sagte Rita.

Warberg kam der Aufforderung zügig nach. »Was jetzt?«

»Laß uns in Victoria einkaufen, mir ist nach Kochen.«

»Ein üppiges Festmahl mit edlen Weinen und zarten Filets?«

»Jawohl, mein Ritter, ein Festessen mit allem Drum und Dran – mir fallen gerade Austern ein –, und als Krönung eine . . . äh . . . stimulierende, alldieweil stark alkoholisierte Nachspeise, wie zum Beispiel »Drei-Nächte-Traum.«

»Was um Gottes willen ist denn das?«

Rita flüsterte ihm das Rezept ins Ohr.

»Wir nannten das als Teenies einen ›Schlüpferstürmer‹«, sagte Warberg.

»Herr von und zu Warberg, das aus einem freiherrlichen Munde!«

»Bin halt so frei.« Er rückte näher.

»Jost! Benimm dich!« Rita patschte ihm energisch auf die Hand. »Ich muß mich auf den Verkehr konzentrieren.«

»Ich dachte, erst nach dem ›Drei-Nächte-Traum‹!«

»Jost, hör auf zu grabbeln!«

»Zu Befehl, Frau Fahrzeugführerin! Erst nach dem Dessert grabbeln. – Wie Sie befehlen!«

»So ist's brav. Sieh mal, der Sergeant guckt schon ganz neugierig.« Sie drückte das Gaspedal nach unten, der Mini machte einen Satz.

Warberg tastete nach dem Sicherheitsgurt. »Ich habe übrigens im Hotel eure Adresse hinterlegt. Falls meine Firma etwas von mir will, sollen sie ein Telegramm schicken.«

Austern gab es keine, aber der ambulante Fischhändler auf it-Tokk, dem Marktplatz im Zentrum, hatte noch einen Korb Krabben (»Mit einer Kräutermayonnaise als Vorspeise, o. k.?«), und eine Fleischerei in der Altstadt hatte Lamm, gozitanisches, wie der Meister versicherte. »Aus Zebbug, wo früher die Oliven herkamen.«

»Jetzt bloß noch Wein. Weißen haben wir reichlich, aber zum Lamm schmeckt roter besser.«

Sie wurden in der Republic Street fündig. »Die letzten Flaschen«, sagte der Verkäufer.

»Wir nehmen sie alle.« Warberg bezahlte. Es war die gleiche Marke, die der Doktor im British bestellt hatte, ein samtiger Cabernet Sauvignon.

»Hast du Lust auf einen schnellen Espresso im Tower?« Rita verstaute die Einkäufe auf der Rückbank.

»Kann nichts schaden.«

»Warte mal, Jost!« Sie kramte einen Taschenschirm aus dem Kofferraum. »Hier. Den nehmen wir besser mit.«

Sie fanden nur mit Mühe einen Sitzplatz; lokale Prominenz nutzte die Mittagspause, um sich die Nationalspeise des Archipels einzuverleiben: ricotta- und erbsbreigefüllte Blätterteig-Pastizzi.

»Do in Rome as the Romans do«, sagte Rita.

»Aber bitte nicht von morgens bis abends!« sagte Warberg. »Für mich ein Bier.«

Rita schaute nach draußen. »Aus eurem Tauchen wäre heute nichts mehr geworden.« Unwirtliche Regenböen klatschten gegen die Schaufensterscheibe.

»Unten merkt man von den Wellen so gut wie nichts«, sagte Warberg, »aber vermutlich hast du recht. – Was treibt Harry im Moment?«

»Als er das mit Vella erfuhr, meinte er gleich, daß ihr kein anderes Boot bekommen würdet. – Er hat sich eine von den sizilianischen Vitrinen vorgenommen und will sie neu verglasen.«

»Ich müßte noch ein paar Pensionen und Ferienhäuser in Augenschein nehmen. Magst du mit?«

»Setz mich in Qala ab. Ich beabsichtige, zur Feier des Tages die Nudeln selber zu machen, und das geht nicht so schnell. Du kannst in der Zwischenzeit den Mini nehmen.«

»Falls Harry ihn braucht, kann ich mir auch an der Tankstelle einen Leihwagen holen, die Firma zahlt's.«

»Überflüssig, Jost. Wenn mein Bruder am Basteln ist, tritt er so schnell nicht wieder vor die Hütte.«

Rita und Warberg verließen das Tower bei makellosem Sonnenschein.

»Das ist, weil du den Schirm mitgenommen hast.«

»Inselwetter«, sagte Rita, »wart's nur ab!«

»Wo steckst du? Noch in Qala?«

»Ja, in der Telefonzelle an der Kirche. Sie essen gerade und machen eine Flasche nach der anderen auf.« Alfredo schnaubte neidvoll in den Hörer. »Ich hab vorhin beim Fleischer hinter ihr gestanden. Wir planen eine kleine Feier« hat sie gesagt. *Kleine Feier* – von wegen! Sie tafeln, als ob sie etwas ganz Außergewöhnliches begießen wollten. – Aber egal! – Bei dem, was die sich bisher eingetrichtert haben, sind sie wenigstens nicht mehr in der Lage, uns nachher in die Quere zu kommen!«

»Fährst du gleich nach Ta Cenc?«

»Nein, ich warte noch, bis sie total abgefüllt sind, kann nicht mehr lange dauern. – Der Zeitungsheini ist in Valletta?«

»Vor fünf Minuten war er es jedenfalls. Hab getan, als ob ich mich verwählt hätte.«

Alfredo blickte zum Kirchturm hoch. »Vater will ab elf bei der Grotte sein. Bis halb schau ich mir noch an, was sie treiben. Es gibt zum Glück keine Gardinen vor den Fenstern.«

Als Alfredo wieder unter das löchrige Wellblechdach zwischen Harrys Gartengeräte zurückkroch, war der *Fruitgarden* im Erdgeschoß unverändert hell erleuchtet.

Er richtete das Fernglas auf das Fenster neben der Küchentür. Leises Gläserklirren und undeutliche Gesprächsfetzen drangen bis zu ihm, aber er wagte sich nicht näher an das Haus. Irgendwo hatten mehrmals Hunde angeschlagen – große Hunde, dem Bellen nach zu urteilen, und es war nicht eindeutig auszumachen, woher das Gekläff kam, ob vom Nachbargrundstück oder vom Garten hinter der Terrasse.

Er stellte schärfer. Die drei saßen noch immer essend und trinkend um den runden Küchentisch, in dessen Mitte der Wald von geleerten Flaschen beachtlich angewachsen war. Der Bruder der Frau – daß es der Bruder und nicht der Freund war, hatte ihm der Kellner im Tower erzählt – trat mit einem gefüllten Weinglas in der Hand auf die Terrasse. Eine Windmauer versperrte die Sicht, aber das Geräusch, das folgte, war eindeutig.

›Er pißt!‹ dachte Alfredo. ›Kein Wunder bei diesem Besäufnis!‹

Der Mann trat im Laufe der nächsten Stunde regelmäßig mit dem Weinglas in der Hand auf die Terrasse, und die Batterie leerer Flaschen in der Tischmitte vermehrte sich kontinuierlich.

›Die sind für heute mit der Welt fertig!‹ Vorsichtig, um nicht gegen die Hacken und Blecheimer im Verschlag zu stoßen, machte er sich auf den Rückweg.

Als Harry erneut aus der Küche trat und sein Glas lautlos in einen Blumenkübel schüttete, hörte er, wie auf der Straße nach Mgarr ein Motorrad gefühllos hochgeschaltet wurde, eine schwere Maschine. Er tippte auf eine 850er Honda oder Suzuki. ›Die beste Methode, das Getriebe in Rekordzeit zu ruinieren ... der Auspuff macht es auch nicht mehr ewig.‹ Er schloß die Tür hinter sich. »Na, schaffen wir noch eine?«

Warberg verdrehte die Augen. »Ehrlich, Harry, es langt.« Er erhob sich schwankend. »Wirklich, ein andermal mehr. Jetzt ...«

Rita stand auch auf.

»Aha, verstehe!« sagte Harry. »Sei's drum ... Ich fang schon mal mit dem Abräumen an, während ihr euch ins Vergnügen stürzt!«

»Bin mir da nicht ganz so sicher«, sagte Rita, »Ich kann kaum noch laufen!«

Warberg zog sie an sich und raunte ihr etwas zu. Sie kicherte und tastete nach einer ungeöffneten Weißweinflasche. »Na gut, wenn schon, denn schon! Die nehmen wir mit hoch!«

»Korkenzieher?« Warberg schaute in eine Schublade.

»Hier, fang!« sagte Harry.

Der Korkenzieher fiel in die Salatschüssel.

22

Harry wartete, bis die Schlafzimmertür zufiel, ging ins Bad und duschte abwechselnd heiß und kalt. Dann braute er sich einen starken Kaffee und trank ihn schwarz. Oben lief der Plattenspieler: »Don't know much about history . . .« Er trat ans Küchenfenster und wählte eine lange, dunkle Regenjacke mit Kapuze. »Don't know much about biology . . .« Er lauschte am Fuß der Treppe, ob die beiden schon begonnen hatten, sich mit der Biologie des menschlichen Körpers zu befassen. – Sie hatten, den Geräuschen nach zu urteilen, die selbst die Musik nicht vollständig übertönen konnte.

Er zog alle Vorhänge im Erdgeschoß zu und kniete vor der Hausbar nieder. Mit einer Eiswürfelzange zerrte er einen flachen Karton hervor. Die fleckige Pappschachtel trug die kaum entzifferbare Aufschrift Lipton's Army & Navy Tea. Er entknotete die Verschnürung und entfaltete ein Bündel öliger Lappen.

Es war eine alte britische Armeepistole. Er prüfte sie routiniert, bevor er sie in der Brusttasche verstaute. ›Taschenlampe . . .‹ Rita, erinnerte er sich, Rita hatte sie auf den Rücksitz gelegt. »Don't know much about history . . .« Die Gefahr, im Obergeschoß noch gehört zu werden, schätzte Harry gering ein, dennoch schob er den Wagen sicherheitshalber bis vor die Ausfahrt und ließ erst dort den Motor an. Eine einsame Laterne schaukelte heftig an einem brüchigen Stromkabel. Wenn der Wind sie gegen Lolys Hausmauer drückte, flackerte sie für ein paar Sekunden hektisch, dann schwankte der Lichtkegel wieder zittrig über den Schotterweg.

Zwischen Qala und Ghajnsielem gab es ein Straßenstück, von dem aus man Mgarr-Marina überblicken konnte. Harry fuhr langsamer. Die *Gracia* lag an ihrem Platz.

Ghainsielem, Xewkija, Sannat, regengepeitschte Dörfer, die in der Dunkelheit gesichtslos geworden waren. Zum Glück machten die Scheibenwischer keine Probleme. Vor Sannat raste ihm einer der scheinbar unvermeidlichen, riesigen Lkws mit Fernlicht entgegen. Harry schlug auf die Hupe: defekt! Und jetzt bemerkte er auch, daß die gesamte Armaturenbeleuchtung ausgefallen war. Er hielt an, stieg aus und umrundete das Fahrzeug.

An den Wassertanks schaltete er auf Standlicht. Er fand den Abzweig und parkte hinter dem Obstbaumhügel.

Zum Klippenrand waren es gut zweihundert Meter über matschige Felder. Der schwere Boden haftete dick an den Schuhen und gab ihnen das Aussehen von Moonboots. Als er die Felsen erreichte, reinigte er die Schuhe so gut es ging mit einer Latte, wie die Bauern sie zum Anbinden der Weinstöcke benutzen, und behielt den Stock als Tasthilfe – trotzdem blieb das Vorwärtskommen auf den glitschigen Steinplatten beschwerlich, zumal diese meerseitig abrupt in ein tosendes Dunkel abfielen. In gebückter Haltung gelangte er zu dem Felsüberhang, wo er neulich auf Toni gewartet hatte, und kauerte in einer mit Thymianbüschen bewachsenen Mulde nieder. Tief unten, in den ausgewaschenen Einbuchtungen, hallten die anrollenden Brecher wie Hammerschläge auf einen gigantischen hölzernen Klangkörper.

Die Küstenlinie oberhalb der Ta-Cenc-Grotten verlief in einer leicht inlandigen Kurve. Auf Steinwurfweite gegenüber stand der Landrover, ein Motorrad lehnte gegen den Kühler, soviel konnte Harry trotz Dunkelheit und Regen erkennen. ›Also sind sie mindestens zu zweit!‹ Ihm fiel das Motorrad vorhin in Qala ein. Aber dann unterdrückte er die Neugier und verharrte weiter in seinem Versteck. Seine Augen hatten sich langsam an die Finsternis gewöhnt, und er sah jetzt auch das Boot. Von seinen Tauchgängen entlang der Küste wußte Harry, daß die halbkreisförmigen Untiefen vor den Grotten den Brechern einen Großteil an Wucht nahmen. Aber die Welle, die diesmal tosend über den Riffkranz flutete, ließ das winzige Schiff für Minuten wie einen Korken tanzen. Der Ziegenpfad, mehr Sturzbach als Weg, schlängelte sich vor dem Felsvorsprung hinab zu den Grotten. ›Ist mir ein Rätsel, wie sie es geschafft haben, da mit heilen Knochen runterzukommen.‹ In der Stille, die dem Zusammenfallen der Welle folgte, hörte er deutlich den Motor und das aufheulende Geräusch einer leerdrehenden Schiffsschraube.

Eine Lampe blinkte mehrmals. Das Boot antwortete, wendete und steuerte auf das Signal zu. Es war schwierig abzuschätzen, wo sich der Signalgeber befand, auf keinen Fall aber vor der Pawlus Grotto.

›Schlickhöhle!‹ durchfuhr es Harry. ›Sie tauchen in der Schlickhöhle!‹

Einmal war er mit Warberg bis in den Eingang geschwommen, um Meeresschildkröten zu verfolgen, und sie hatten nach wenigen Metern wegen des üppigen Blattangs aufgeben müssen.

Wieder das Blinken, wieder die Antwort. Kein Zweifel, der Signalgeber war vor der Schlickhöhle. Harry beschloß, es zu riskieren, und schlich zu den Fahrzeugen. Als er sicher war, daß niemand im Landrover saß, untersuchte er das Motorrad, eine 850er Honda. Er tastete den Auspuff ab – verrostet! Es mochte Einbildung sein, aber der Motorblock speicherte noch einen Rest Wärme.

Die Gepäcktasche war nicht abgeschlossen, er leuchtete hinein: Werkzeug, ein Handtuch, eine Plastikhülle mit der Zulassung und einem Führerschein. Harry starrte auf das Foto.

Alfredo de Neva hatte in einer halben Stunde Geburtstag!

Gräser und Büsche geben anfangs mehr Halt, als er vermutet. Über der Pawlus Grotto gabelt sich der Ziegenpfad. Ein Abzweig führt zum Wasser, der andere windet sich als Hohlweg, wieder ansteigend, Richtung Mgarr ix-Xini. Harry kriecht auf allen vieren, weniger weil er nicht gesehen werden will, als weil der aufgeweichte Kalkstein keine andere Wahl der Fortbewegung gestattet. Ein Fehltritt, und er würde den de Nevas wie in einer Bobrennbahn entgegenschießen, mit einem krönenden Salto zum Abschluß in den Hexenkessel aus Gischt und Brandung.

›Ganz ruhig, ganz ruhig! Erst den vorderen Fuß – ja, so ist's gut, die Spalte hält dein Gewicht! jetzt langsam die linke Hand auf den Felsen da – genau!‹

Es erscheint ihm wie eine Ewigkeit, bis er endlich über der Schlickhöhle ist. Behutsam, um nicht das Geröll ins Rutschen zu bringen, das der Regen zusammengespült hat, späht er hinunter. Das Boot – es ist einwandfrei das gelbe Beiboot der *Gracia* – hat im Höhleneingang festgemacht, offenbar existiert dort eine Anlegemöglichkeit wie bei der Pawlus Grotto.

Harry kann aus seiner Perspektive nur das Heck sehen und schiebt sich zentimeterweise an die Felsenkante. Zu seiner Überraschung gibt es etwas tiefer ein schmales Plateau mit rechteckigen, flachen Salzbecken. Die Bassins erstrecken sich in vier, fünf Metern Höhe parallel zum Wasserspiegel, das letzte liegt exakt über der Höhlenöffnung!

Ein nachgebendes Grasbüschel nimmt ihm die Entscheidung ab, ob es ratsam wäre, sich noch näher heranzuwagen, denn er rutscht im Zeitlupentempo in den Hohlweg zurück und kann sich nur mühsam in einer Wegbiegung wieder bremsen. Auf diese der Gesundheit wenig förderliche Art und Weise – die Rutschpartie hat ihn durch etliche tiefe Pfützen geführt – entdeckt Harry die Trittsteine, die zum Salzplateau führen. Nachdem er ihre Festigkeit mit dem Stock geprüft hat, wagt er es.

Die Sicht auf den Höhleneingang ist ihm jetzt allerdings genommen, weil das ausgehauene Gestein der Pfannen am

Plateaurand zu einer brusthohen Mauer aufgeschichtet liegt. Er mißtraut den abgerundeten Beckenrändern und watet durch die Bassins; darauf kommt es nun auch nicht mehr an, er ist von der Hüfte ab naß bis auf die Haut, aber wenigstens schützt der Wall etwas vor dem Sturm. ›Fünf Minuten höchstens, dann muß ich hier weg‹, denkt er. ›Fünf Minuten, sonst bin ich blaugefroren!‹

Er findet eine Lücke in der Mauerkrone. Ein Mann in Ölzeug, aber ohne Kopfbedeckung ist damit beschäftigt, ein Seil in das Boot zu ziehen. Zwei abgeblendete Sturmlaternen beleuchten den Sektor unmittelbar vor dem Bug. Harrys Überraschung hält sich in Grenzen, als ein Lichtschein das Gesicht des Mannes streift.

Baron Georgio de Neva kniet nieder und pendelt mit dem Oberkörper das Schlingern aus, während er gleichzeitig eine schlickbedeckte Kiste über die Bordwand zerrt, die außerordentlich schwer sein muß, denn als er sie abstellt, liegt das Boot tief im Wasser.

Ein Kopf durchbricht die Wasseroberfläche, und zwei Hände umklammern die Ruderpinne. Der Baron gleicht sofort aus, indem er sich nach vorn auf das Spritzdeck setzt. Es muß eine Steiggelegenheit am Bug geben, weil der Taucher es schafft, schnell und ohne Hilfe des Barons ins Boot zu klettern. Er spuckt das Mundstück aus und zerrt die Brille vom Gesicht, läßt aber die Flasche umgeschnallt.

Es ist das Gesicht vom Führerschein!

Harry hat die Kälte vergessen, hat vergessen, daß er bis zu den Waden im Wasser steht. Der Sturm reißt ihm die Kapuze vom Kopf, aber er spürt von allem nichts, klammert sich mit gespreizten Armen in der Mauerlücke fest, beugt sich weiter vor.

Die Männer im Boot arbeiten fieberhaft, zwischen ihnen der grünschleimige Kasten. Der Baron hat einen Seiten-

165

schneider angesetzt, Alfredo hantiert mit einem Brecheisen. Er sitzt auf den Bodenplanken und hält die Kiste mit den Beinen umklammert. Wie der Beobachter über ihnen in der Mauerlücke ignorieren sie alles um sich herum, selbst als hohe Wellen das Boot gefährlich ins Schwanken bringen und mehrmals hart gegen die Grottenwand schlagen, machen sie unbeirrt weiter.

Der junge de Neva scheint einen Ansatzpunkt für das Eisen gefunden zu haben. Sein Vater läßt den Seitenschneider fallen. Vier Hände reißen mit aller Kraft an der Brechstange, Wasser schwappt ins Boot.

Als endlich der Deckel aufspringt, hält Harry den Atem an, auch die de Nevas verharren reglos. Ein, zwei Sekunden lang starren sie wortlos die Truhe an, dann greifen Alfredo und Georgio de Neva gierig hinein und wühlen brüllend in der metallisch-gelben Füllung. ›Mein Gott!‹ denkt Harry. ›Das kann doch wohl nicht wahr sein!‹

In diesem Augenblick beginnt die Plateaumauer nachzugeben.

23 ___

Später wird er Rita erzählen, daß ihn die Situation an ein Skierlebnis erinnerte, wo er auf ein loses Schneebrett gefahren war. In Ta Cenc ist es eine Lawine aus Kalkquadern und Geröll, die sich sekundenlang als polternder, platschender Vorhang vor die Schlickhöhle legt. Fontänen spritzen hoch bis in die Bassins. Harry steht am Plateaurand und rudert wild mit den Armen, kämpft um Gleichgewicht; dann dreht er sich im Fallen und landet, Gesicht voran, in einer Salzpfanne. Der Steinschlag verfehlt die de Nevas um Haaresbreite. Das ohnehin gefährlich tief liegende Boot droht zu kentern.

Harry richtet sich triefend auf; sieht gerade noch, wie Alfredo nach der Taucherbrille greift und über Bord gleitet.

Der Baron zerrt eine Sturmlaterne aus der Halterung und springt auf die Felsen im Höhleneingang. Er braucht nicht lange, um den Verursacher des Erdrutsches zu finden.

Harry wirft sich hin – ein Stück Mauerrest bietet dürftigen Schutz – und reißt am Klettverschluß seiner Brusttasche. Der Baron schreit. Harry versteht nur das Wort »Pawlus«.

›Scheiße, die wollen mich in die Zange nehmen!‹ Er zielt auf die Lichtquelle und drückt ab. Die Laterne erlischt.

Während er auf die Trittsteine zustolpert, weiß er, daß er sich geirrt hat. Er hört die Schüsse zwar nicht, aber das Pfeifen von Querschlägern kennt er.

Als die Laterne erneut aufblendet, ist Harry schon im Hohlweg. Diesmal hält er die Pistole mit beiden Händen. Es wird wieder dunkel. In Rekordzeit ist er am Felsvorsprung, unten hangelt sich Alfredo auf die betonierte Anlegestelle.

Harry wuchtet eine Steinplatte über den Abgrund. ›Viel Vergnügen, Sur de Neva!‹ Er rennt zu den Fahrzeugen. ›Die Reifen, wenn ich es schaffe, ihnen die Reifen . . .!‹

Plötzlich werden Landrover und Honda vom Klippenrand angestrahlt, dort, wo der Hohlweg auf die Äcker führt. Das gleiche Spiel nochmal. Lampe an, Harry feuert – Lampe aus.

In der Nacht vom 26. zum 27. November fallen in Malta und Gozo 80 Prozent der statistischen Regenmenge des gesamten Kalenderjahrs. Der Sturm erreicht böenweise Orkanstärke, und bibelfeste Leute, die um diese Stunde noch zufällig wach liegen, sind versucht, im Buch der Bücher nachzuschlagen, ob das Versprechen, nie wieder die Welt mit einer Sintflut heimzusuchen, wirklich nicht widerrufen wurde.

Harry tastet sich also durch eine Wasserwand zu seinem Auto und fährt ohne Licht los. Um überhaupt etwas zu sehen, muß er die Seitenscheibe herunterkurbeln und den Kopf aus dem Fenster stecken. Im Nu verwandelt sich der Mini in eine motorisierte Sitzbadewanne. Am Ta-Cenc-Hotel kann er noch keinen Verfolger ausmachen, aber als er das erste Haus von Sannat erreicht, flackern drei Punkte im Rückspiegel, von denen einer beständig größer wird. Ein Wagen biegt vor ihm in die Hauptstraße ein. Harry überlegt nicht lange, sondern wendet und stellt sich hinter einen Lkw-Anhänger. Augenblicke später knattert die Honda vorbei, dicht gefolgt vom Landrover. Bis die de Nevas merken, daß sie dem falschen Fahrzeug hinterher rasen, sind sie schon kurz vor Victoria und Harry längst wieder in Ta Cenc. Eine schmale Straße führt in steilen Serpentinen nach Mgarr ix-Xini. Harry hofft inständig, daß die Hotelverwaltung und nicht die Gemeinde Sannat für die Instandhaltung verantwortlich ist, und hat Glück.

Der Regen hat die Rücklichter des Bedford-Busses schnell verschluckt.

»Wir kriegen ihn noch, keine Sorge!«

»Die Sau hat uns gelinkt.« Alfredo schiebt die Honda an den Straßenrand und steigt ein, wirft den Helm nach hinten. »Es war der Bäckerwagen.«

»Lad mal nach. Munition ist im Handschuhfach.« Der Baron gibt ihm im Anfahren die Beretta.

»Gleich. Ich brauch erst was Trockenes.« Er reibt sich mit einem Tuch die Augen. »Das Visier schließt nicht richtig. War zum Schluß fast blind.«

»Wenn er die Nebenstraße über Mgarr ix-Xini nimmt, sind wir allemal vor ihm in Qala.«

Aber das Unwetter macht ihnen einen Strich durch die Rechnung. Die Einfassungsmauern der Äcker zwischen Victoria und Xewkija sind geborsten, und zähe, schlammige Erdmassen blockieren die Fahrbahn. Der allradgetriebene Wagen hat Mühe, nicht steckenzubleiben.

Harry umfährt Xewkija derweil von Süden, und obwohl er des öfteren anhalten muß, um Hindernisse aus dem Weg zu räumen, ist er ein paar Wagenlängen vor den de Nevas auf der Straße nach Qala.

Ein abgeknickter Telefonmast liegt auf der Straße. Harry hat keine Probleme, an der Betonröhre vorbeizukommen, der Rover ist indes gezwungen zurückzusetzen und schafft es erst beim zweiten Versuch, was Harry auf eine Idee bringt: Der Schotterweg vor Lolys Garten hat am Hang allerhöchstens Eselkarrenbreite!

Er verläßt die Hauptstraße, die de Nevas folgen. Die extreme Steigung in den Orangenplantagen unterhalb von Qala verkraftet der Geländewagen natürlich souveräner als Harrys ruckelnde Sitzbadewanne, und obgleich der Schotterweg sich zunehmend verengt, holen die Verfolger bedrohlich auf. Der Landrover schafft es immerhin noch bis in die Hälfte der Kurve, doch dann geht nichts mehr.

›Die sitzen fest!‹ Harry kuppelt, schaltet hoch, geht wieder aufs Gas.

Anstatt zu beschleunigen, wird der Mini langsamer. Harry tritt das Gaspedal durch – worauf der Motor ausgeht. ›Ich werd verrückt!‹

Auch nochmaliges Zünden macht den leergefahrenen Benzintank nicht voll.

Die de Nevas springen aus dem Auto und löschen vorher das Licht.

›Verdammte Schrottschleuder!‹ Harry rutscht auf den Beifahrersitz, die Fahrerseite läßt sich nicht öffnen, der Wagen steht zu dicht am Hang. Er drückt mit aller Kraft die Tür auf.

Der Sturm, der Harry wie mit einem Hochdruckwasserstrahler bearbeitet, erlaubt ihm nur noch eine Fortbewegungsart: Kriechen auf allen vieren, bis er sich zu einem surrealistischen Gebilde aus mangelhaft einzementierten, rostigen Ölfässern und wackligen, rohgezimmerten Podesten vorgetastet hat, das hinauf in Lolys Garten führt. Am Ende der abenteuerlichen Treppe stehen zwei Pfosten; die dazugehörige Tür hat der Sturm aus den Angeln gerissen. Harry stolpert ein paar Schritte weiter und duckt sich hinter eine Regenwassertonne, den Lauf der Pistole auf die Lücke zwischen den Pfosten gerichtet.

Aber die Schatten, die sich auf ihn zubewegen, kommen nicht von vorn.

Der Regen peitscht die welken Blätter von den Obstbäumen, und daumendicke Tropfen hämmern gegen die Tonne, dennoch ist das Knurren, das Harry plötzlich einkreist, unüberhörbar.

Er fährt herum. Das grollende Drohen verwandelt sich in freudiges Gejapse, und fünf Hundeschnauzen stupsen ihn erwartungsvoll an. Lolys Rottweiler!

Kein Hochspringen an ihrem Wohltäter. Die Tiere des Garnelenfischers sind gut erzogen und machen im Halbkreis Platz. – Lammreste hatte es letztes Mal gegeben!

Dragut, der älteste Rüde, legt eine Vorderpfote zaghaft an Harrys Schulter.

»Aus!«

170

Das Kommando zeigt Wirkung, wird aber von Dragut sehr frei interpretiert. Er wirft sich auf den Rücken in den Modder und erwartet, daß Harry ihn wie üblich zur Begrüßung tätschelt. Der hat im Moment wahrhaftig andere Sorgen, als mit Hunden zu spielen, denn zwischen den Türpfosten tauchen schemenhaft die beiden Verfolger auf. Dragut, irritiert, weil sein Freund ihn überhaupt nicht beachtet, richtet sich wieder auf. Er schaut den Nachbarn einen Moment lang verdutzt an, spürt dessen Anspannung und dreht dann den Kopf, das Nakkenfell gesträubt. Der massige Körper strafft sich.

Hunde in Malta! Man hört sie auf Flachdächern ihrer Lieblingsbeschäftigung nachgehen – nämlich Passanten anbellen –, sieht sie auf Fischerbooten herumspringen und findet sie vor nahezu jeder Haustür dösen. Aufmerksamen Beobachtern entgeht schwerlich, daß die vornehmliche Aufgabe der meisten Kleinlastwagen darin besteht, der Menschen beste Freunde pausenlos über die Inseln zu chauffieren.

War es der Einfluß der tierlieben Engländer, daß die Hunde nie den verängstigten Eindruck ihrer griechischen oder tunesischen Artgenossen machen? Oder wirkt sogar noch das Vorbild von Fra Claude de Tissier nach, der im 18. Jahrhundert aus seiner Privatschatulle Spitäler für kranke Vierbeiner errichten ließ? Jedenfalls sind Malteser ausgemachte Hundenarren. Erfreulicherweise ist der Menschentypus Kampfhundbesitzer gänzlich unbekannt, und Loly war keine Ausnahme: Seine Rottweiler scharf zu machen wäre ihm nie in den Sinn gekommen.

Trotzdem sind Hunde Hunde. Wer, besonders bei Dunkelheit, *von außen* ihrer Reviergrenze nahe kommt, muß mit tosendem Gebell empfangen werden, so will es die Sitte. (Wer indes wie Harry *innerhalb* des Zauns aufgestöbert wird – Hundelogik! –, hat ja womöglich irgendeine Berechtigung dazu: Also empfiehlt sich vorerst Knurren.)

171

Nicht bloß Dragut, sondern die gesamte Meute stürzt also laut kläffend den de Nevas entgegen.

Ein ausgewachsener Rottweiler wiegt gut fünfzig Kilogramm. Fünf mal fünfzig Kilo anstürmende Hunde, der Boden ist aufgeweicht, und die Stufen, die unmittelbar hinter den Türpfosten steil nach unten führen, sind alles andere als solide.

Harry lauscht angespannt, aber die Geräuschkulisse des Unwetters erlaubt keine Deutung, was sich auf der Treppe abspielt.

Und dann ist Dragut wieder da, springt an ihm hoch und ist kaum zu beruhigen. Nach und nach tauchen auch die anderen Hunde auf, alle gleichermaßen erregt.

»Sit!« Er muß das Kommando mehrmals schreien, damit die Tiere endlich parieren. »Sit!«

Er greift in die Hüfttasche seiner völlig durchnäßten Wetterjacke und hofft, daß die Taschenlampe noch funktioniert. Sie tut ihm den Gefallen.

Die entsicherte Pistole auf die Gartenpforte gerichtet, verläßt er gebückt seine Deckung. Dragut will folgen. »Down, Dragut! Down!« Der Rüde gehorcht.

Jeden Schritt sorgfältig austastend, erreicht er die Türpfosten, schiebt die Taschenlampe über die Kante der obersten Treppenstufe und knipst sie mit weit ausgestrecktem Arm an. Der Lichtkegel schneidet einen blassen Trichter in die dunklen Wassermassen, die seit Stunden pausenlos vom Himmel stürzen.

Harry wartet, wartet eine unendlich lange Minute, dann kickt er die Lampe auf die Treppe. Sie landet zwischen einer Hand, die ein schweres Messer umkrallt, und einem Gummistiefel.

Harry wartet ab, ob Fuß oder Hand sich bewegen, entscheidet nach einer weiteren minutenlangen Ewigkeit, daß es sich um ein anatomisches Wunder handeln müßte, falls die verkrampfte Messerhand zu dem gummibestiefelten Bein gehören sollte, und macht sich an den Abstieg.

Als er die Lampe aufhebt und ihr Strahl die beiden reglosen Körper beleuchtet, sichert er die Pistole und steckt sie weg.

Die de Nevas können ihn in Zukunft allerhöchstens noch im Traum verfolgen.

Der Baron sitzt breitbeinig in einer Pfütze, den Blick starr in den Regen gerichtet. Sein Kopf wird von einem rostigen Pfahl fixiert, wie die Bruchstücke antiker Bildhauerkunst im archäologischen Museum der Gozo-Zitadelle (Loly hatte sporadisch Eisenstangen in den Boden gerammt, um der waghalsigen Konstruktion Halt zu verleihen).

Harry schwenkt die Lampe – der junge de Neva liegt bäuchlings –, schiebt die Stiefelspitze unter den Messerarm und dreht Alfredo auf die Seite.

Der Enkel des »Duce ta I'Mdina« muß Lolys ansonsten friedliche Rottweiler wirklich aufs äußerste in Rage versetzt haben – und Hunde, die sich ernsthaft bedroht fühlen, beißen instinktiv nach der Kehle ihres Feindes.

Zwischen blutigen Fetzen von Neoprengewebe blinkt ein münzgroßer Gegenstand. Harry stochert mit der Stiefelspitze: Goldene Marienmedaillons dieser Art werden bekanntlich an feingliedrigen Halskettchen getragen und sollen Unheil abwehren – was aber auch der dicke Gummikragen von Alfredos Taucheranzug nicht vermocht hatte.

Harry klettert zurück. Als er wieder bei den Torpfosten ist, kommt ihm Dragut entgegen. Harry bemerkt, daß der Hund lahmt. Er knipst die Lampe kurz an und versteht, warum de Neva junior nicht mehr unter den Lebenden weilt.

Harry weiß, daß er jetzt keinen Fehler machen darf. Er lockt die Hunde in ihren Verschlag und beträufelt Draguts Vorderlauf mit einer übelriechenden Tinktur aus einer umgewidmeten Ketchupflasche, die der Garnelenfischer für solche Fälle stets griffbereit hielt, ein Gebräu, mit dem er Mensch und Tier gleichermaßen zu verarzten pflegte. (»*Uraltes Rezept, Harry! Jede Ordensgaleere hatte ein paar Krüge davon an Bord. Wird aus Pilzen gebraut, die nur auf dem Fengus Rock in der Dwejra Bay wachsen.*«)

Dragut jedenfalls scheint die Behandlung zu kennen, er hält still. Der Schnitt geht nicht besonders tief und schmerzt offenbar kaum, denn als Harry Trockenfutter in die Freßnäpfe schüttet, macht sich der Rüde mit den anderen Hunden gierig darüber her.

Harry verläßt das Nachbargrundstück durch das Haupttor, es ist nur eingeklinkt. Selbstverständlich steckt der Schlüssel von innen – außer widerrechtlich grasenden Ziegen oder Schafen haben die Bewohner eines gozitanischen Dorfs für gewöhnlich nichts zu befürchten.

Im *Fruitgarden* ist alles dunkel. Harry holt einen Reservekanister aus dem Geräteschuppen und hastet den Schotterweg hinunter. Er muß ohne Einfüllstutzen betanken, das meiste Benzin fließt daneben. Aber der Wagen springt nach zwei, drei Versuchen wieder an und schafft auch die verschlammte Steigung hinauf zum *Fruitgarden*. Das Auto wird rundherum mit dem Gartenschlauch abgespritzt, Regenjacke und Schuhe säubert er ebenfalls gründlich und läßt sie unter der Verandamarkise. Dann zieht er sich zitternd in der Küche aus, wirft die durchweichten Kleidungsstücke in die Waschmaschine und stellt das stärkste Trockenprogramm ein.

Harry verbringt die nächsten zwanzig Minuten mit einer halbvollen, sich aber rasant leerenden Whiskyflasche in der heißen Badewanne. Danach, vor dem flackernden Kaminfeuer, in einen Hausmantel gehüllt, reinigt er sorgfältig die Pistole und unterbricht seine Arbeit hin und wieder für einen Schluck Johnny Walker Black Label, um sicherzugehen, daß innerlich die wohlige Wärme nicht nachläßt.

Er schiebt die Waffe, geölt, die fehlenden Patronen ergänzt, unter die Anrichte, hört, wie sich die Waschmaschine ausschaltet, legt die noch leicht klammen Kleidungsstücke über eine elektrische Heizrippe, stellt die nun endgültig inhaltslose Flasche zu ihresgleichen neben den Mülleimer und geht nach oben.

Ritas Zimmertür steht halb offen. Jemand schnarcht. Gedämpftes Flurlicht fällt auf vier nackte Füße, maltesische Bettdecken sind für mitteleuropäische Beine meistens zu kurz. Er drückt die Tür leise ins Schloß.

Sein Zimmer liegt am Ende des Flurs. Er schläft auf der Stelle ein.

24

Irgendwann war das Heulen von Sirenen in seine noch sehr von der exzessiven Verkostung diverser Inselweine geprägten Träume gedrungen. Warberg erwachte wie gerädert, zog die Vorhänge auseinander und schaute geblendet in einen makellosen Gozomorgen, was aber keineswegs bedeutete, daß sich ihm ausschließlich der Anblick ländlicher Idylle darbot.

Auf dem Schotterweg zwischen dem *Fruitgarden* und dem Nachbargrundstück standen blinkende, blauweiße Fahrzeuge mit der Aufschrift »Pulizija«.

»Rita!« – Keine Reaktion. Warberg suchte hastig seine verstreuten Kleidungsstücke zusammen. »Rita!«

Es war hoffnungslos, die Kontur unter der Bettdecke rührte sich nicht.

Warberg trat auf den Flur und stieß mit Harry zusammen, der einen ähnlich zerknitterten Anblick bot wie er selbst. »Was läuft denn da unten ab?«

»Weiß nicht, bin auch gerade hoch.« Harry verknotete umständlich den Gürtel seines Morgenrocks. »Ich brau uns erst mal einen vernünftigen Kaffee. Kann noch gar nicht richtig denken.«

Als die Maschine die ersten Tropfen von sich gab, klingelte es. Harry ging zur Haustür und kam mit Sergeant Grech zurück. »Der Officer hat ein paar Fragen an uns, Jost . . . Sie haben unseren Gast schon getroffen, Sergeant?«

»Gestern in Mgarr«, sagte Warberg und gab ihm die Hand. »Mit Rita, do you remember?«

Grech setzte sich auf den angebotenen Stuhl. »Natürlich erinnere ich mich, Mr . . .«

»Warberg.«

Harry stellte Tassen auf den Tisch. »Kaffee, Sergeant?«

»Gerne, falls Sie einen erübrigen können.«

»Mit?« Harry zeigte auf die Kaffeesahne.

»Bitte schwarz!« Grech setzte die Dienstmütze ab und knöpfte seine Uniformjacke auf.

»Ähnelt zwar mehr einem Espresso, aber das mag ja kein Fehler sein.« Harry hockte sich auf die Heizrippe. »Jost, der Sergeant will wissen, ob wir heute nacht drüben irgendwas Verdächtiges bemerkt haben.«

»Drüben?«

»Auf Lolys Grundstück, Mr. Warberg.«

Warberg lachte. »Ich hatte zwar Angst, der Regen zertrümmert die Fensterscheiben, aber von einem gewissen Zeitpunkt an«, er deutete auf die Kollektion leerer Flaschen, »hat sich die Angst verflüchtigt.«

»Wir haben ein wenig gefeiert, Sergeant«, sagte Harry. Der Officer lächelte. »Man sieht es Ihnen, ehrlich gesagt, ein bißchen an.«

Harry fuhr sich über die Bartstoppeln. »Mein Aussehen macht mir weniger zu schaffen.« Er warf zwei Aspirin in den Kaffee. »Es sind diese verdammten Nägel im Gehirn!«

Sergeant Grechs mitfühlender Blick verriet, daß ihm derartige Zustände vertraut waren. Er nahm einen Schluck, verzog das Gesicht und bediente sich doch aus dem Sahnekännchen. ». . . Um auf die Nacht zurückzukommen, Sie haben wirklich nichts Ungewöhnliches . . .?«

»Sergeant!« sagte Harry. »Wir haben zeitweise gebetet, daß unsere Hütte nicht nach Tunis geblasen wird.«

Grech nickte und dachte an die entwurzelten Pfirsichbäume in seinem Garten.

Warberg zog es vor, die Aspirin in Mineralwasser aufzulösen und trank einen Schluck Kaffee hinterher. »Ich bin zugegebenermaßen erst wieder halbwegs nüchtern. *Was*, bitte schön, hätte uns denn auffallen sollen? – Wegen eines eingekrachten Hühnerstalls nebenan werden Sie ja kaum hier sein.«

»Eben«, sagte Harry. »Ich bin zwar auch noch reichlich ver-
katert, Sergeant, aber der komplette Fuhrpark der Gozo Police
Force da draußen hat ja wohl was zu bedeuten!« Sergeant
Grech schob die Kaffeetasse von sich und faltete die Hände,
bevor er erneut nickte. »You are perfectly right, gentlemen!«

Und dann berichtete er, wie Lolys Schwager, aufmerksam
geworden durch die fehlende Zauntür, die Leichen der beiden
de Nevas entdeckt hatte.

Rita hatte es immerhin fertiggebracht, Lippenstift aufzutra-
gen, bevor sie zu den Männern in die Küche trat.

Ihrer Beteuerung, wie ein Stein geschlafen zu haben, wurde widerspruchslos Glauben geschenkt, denn die Ränder unter den Augen sprachen Bände.

Als der Sergeant, wieder vorschriftsmäßig gekleidet, von
Harry zum Ausgang begleitet wurde, schellte es. Ein Telemal-
ta-Motorradbote, der den Officer vertraulich mit »Na, Frank,
Großeinsatz?« begrüßte und daraufhin vom Sergeant insel-
üblich lautstark ins Bild gesetzt wurde (er war schließlich ein
Cousin zweiten Grades), suchte einen Mr. Warberg.

»Telegramma, Sur Kröger!«

Harry wühlte in den Jacken und Mänteln an der Flurgarde-
robe nach einem 50-Cent-Stück.

»Grazzi, Sur Kröger!«

Harry holte noch die Zeitung aus dem Postkasten und
schloß die Tür. In der Küche unterhielten sich Rita und Warberg über das mysteriöse Ableben der de Nevas – wenn auch
nicht gerade im Flüsterton, so doch um etliche Dezibel leiser
als der Sergeant und sein Cousin draußen im Garten.

Harry setzte sich wieder auf die Heizrippe. »Für dich!«

Warberg begutachtete den Poststempel. »Aus St. Julian's ... hatte denen im Hotel doch für Notfälle die Adresse
hier gegeben.«

»Na, und ist's ein Notfall?«

Er riß das Couvert auf, las und gab Rita das Telegramm. »Mist! Fürchte, mein Malta-Aufenthalt nähert sich einem abrupten Ende! Ich muß morgen mit der ersten Maschine weg. – Eine unserer Reisegruppen ist verunglückt.«

Harry war aufgestanden und schaute seiner Schwester über die Schulter. ». . . Bus in Chania in Schlucht gestürzt drei Tote fünf . . . Chania – auf Kreta?«

Warberg nickte.

Harry entrollte die Titelseite der ›Malta Times‹. »Der Sturm hat offenbar im ganzen Mittelmeer gewütet. Vor Lampedusa ist ein maltesischer Frachter gesunken. *Die Küstenwache hatte die* Paxa *verfolgt, weil illegaler Waffentransfer nach Libyen vermutet wurde, konnte aber wegen des Sturms weder Mannschaft noch Ladung retten.*«

Warberg lächelte sarkastisch. »Wirklich, meine Lieben, ein friedliches Eiland habt ihr euch als Feriensitz erkoren! Adlige Leichen in Nachbars Garten, der Nachbar selbst explodiert mitsamt Boot, und unser Freund Kaptan Vella verschwindet urplötzlich auf Nimmerwiedersehen.«

Harry raschelte mit der Zeitung. »Es geht noch weiter! Hört euch mal das an. *Die* Paxa *gehört der* Maltexp!«

»In Sliema gibt es ein Maltexp-Gebäude«, sagte Rita, »in der Nähe der Deutschen Botschaft.«

»Dort ist das Büro der Reederei. Ein häßlicher, gelber Bau. Müßte dir eigentlich auch aufgefallen sein, Jost.«

»Gut möglich . . . Maltexp sagt mir als Nicht-Insulaner aber herzlich wenig.«

Harry faltete die ›Times‹ zusammen und warf sie auf den Küchentisch. »Georgio de Neva ist, oder korrekter ausgedrückt *war*, Hauptgesellschafter von Maltexp.«

Rita setzte ihre Kaffeetasse abrupt ab. Ein Teil des Inhalts schwappte über. »Du meinst . . .?«

Harry zuckte mit den Achseln. »Bei Waffendeals geht es um Millionen. Da ist man nicht zimperlich.«

»Wirklich reizend!« Warberg lachte laut los. »Wie steht es
so treffend in meinem Maltaführer: *Der allgegenwärtige Einfluß der Kirche und das weitgehend intakte System der dörfli-
chen Gemeinschaften machen die Inseln zu einem der sicher-
sten Reisegebiete in der Levante.*«

Rita tupfte den verschütteten Kaffee mit einer Ecke der Zeitung auf. »Daß der Baron sich auf eine Eisenstange gespießt
hat, habe ich mitbekommen. Was mir allerdings nicht so richtig klar geworden ist: Hat de Neva junior sich auf der Treppe
das Genick gebrochen? Der Sergeant hat von einer tödlichen
Halsverletzung gesprochen.«

Harry schaute Warberg an, Warberg schaute Harry an.
»Nein, Rita. Grech hat uns alles bildhaft beschrieben, als du
noch oben warst.«

»Es war eine riesige Bißwunde!« Warberg ergriff ihre Hände und blickte ihr tief in die Augen. »Die vierbeinigen, – eurer
Aussage nach – *meerschweinchenzahmen* Monster von nebenan haben den jungen Baron in der Dunkelheit anscheinend mit einem Kaninchen verwechselt.«

Harry verabreichte sich zwei weitere Aspirin. »Hoffen wir
auf die Findigkeit der ermittelnden Behörden! – Ich zumindest bringe im Moment mit meinem Brummschädel überhaupt nichts mehr auf die Reihe. Ich leg mich lang.« Er klopfte
Warberg freundschaftlich auf die Schulter. »Wirklich jederzeit hereinspaziert, falls du zufällig in diesen Breiten weilst,
wir sind erst im Sommer wieder in Deutschland und laß mal
gelegentlich von dir hören, Jost! . . . Rita fährt dich vermutlich nach Mgarr?«

»Ich bezweifle zwar, daß ich das Lenkrad finde, aber versuchen kann ich's ja.«

»Es ist vorne rechts, Schwesterherz. Noch ein Tip: Hierzu-
lande herrscht Linksverkehr! – Und tank am Hafen, der Mini
ist fast leer!«

25 ___

Warberg hatte Rita vom Sonnendeck zugewinkt, bis die Hafenmole die Kais der Gozo Channel Line verdeckte. Als die Fähre um das Leuchtfeuer in den Fliegu bog, zog er das Jackett aus und fand einen Platz, wo der Fahrtwind nicht mehr spürbar war. Er benutzte die Reisetasche als Armlehne und stemmte die Füße gegen die Reeling.

Nichts erinnerte mehr an das nächtliche Unwetter. Zwischen Mgarr und Cirkewwa glänzte eine spiegelglatte Wasserfläche. Möwen folgten der *Cittadella.* Auf dem Parkdeck hockten Lastwagenfahrer neben den Fahrzeugen und verzehrten ihren Mittagsimbiß, gierig beäugt von den Vögeln. Plötzlich drehte der Schwarm Richtung Comino ab.

Zwei schnittige Jachten schoben sich aus der Blauen Lagune und kreuzten mit hoher Geschwindigkeit den Kurs der Fähre. Plärrige Wortfetzen aus einem Megaphon. Der Guide auf dem größeren der *Captain Morgan Cruisers* beschallte einen auf Liegestühlen sonnenbadenden Pulk von Touristen – vermutlich erklärte er ihnen wortreich die einzigartige Schönheit der Küstenlinie.

Warberg kramte eine Leica älteren Modells aus der Tasche und wechselte das Objektiv.

Eins von den blaßgelben Bauklötzchen oben im Osten mußte der *Fruitgarden* sein. Er schoß ein paar Fotos und lehnte sich zurück.

Die Kombination aus nicht unbeträchtlichem Restalkohol, dem rhythmischen Stampfen der Schiffsmaschine, der milden Luft eines Tages, der mehr versprach als die durchschnittliche Sonnenscheindauer im Dezember, all dies bewirkte, daß er erst erwachte, als bereits das letzte Auto über die Bugklappe rumpelte.

Seine Formalitäten in St. Julian's waren schnell erledigt. Das Taxi, das ihm Rita nach Cirkewwa bestellt hatte, wartete, während er packte und die Hotelrechnung beglich. Er führte, bevor er sich nach Valletta fahren ließ, noch zwei Telefongespräche.

Im British versprach man, ihm ein Zimmer mit Blick auf den Grand Harbour zu geben, und er würde Baleja im Upper Barracca Garden treffen.

»Ich möchte Sie bei dieser Gelegenheit jemandem vorstellen, Herr von Warberg.« Baleja hatte aufgeregt geklungen. »Jemand, der Ihnen Neuigkeiten über unseren gemeinsamen Freund berichten wird.«

Mit »gemeinsamer Freund« konnte nur der Capitano della Verga Paolo de Neva gemeint sein.

»Schauen Sie!« Baleja hakte Warberg unter und führte ihn an die Brüstung. »Wenn es irgendwie machbar ist, bin ich abends hier oben, und sei es nur für ein paar Minuten. Können Sie das nachempfinden?«

Warberg konnte.

Ein hochbeladenes Containerfrachtschiff wurde von kraftstrotzenden Hafenschleppern an Senglea vorbei in den Dockyard Creek bugsiert. Ein letztes Zwielicht unterlag den aufflammenden Scheinwerfern, die rundherum die Festungsanlagen im Grand Harbour anstrahlten.

Warberg betrachtete schweigend das grandiose Panorama und mußte gestehen, daß der Ausblick vom ehemaligen Exerzierplatz der Johanniter selbst ihn, den vielgereisten Touristikmanager, in seinen Bann zog.

Er stützte sich auf das Gitter. Wie viele Meter Fallinie bis zu den parkenden Autos? Fünfzig? Siebzig?

Baleja war weitergeschlendert, Warberg folgte ihm langsam. The Upper Barracca Garden schien zur Stunde des Sonnenuntergangs der Treffpunkt aller Verliebten Vallettas zu sein. Händchenhaltende Pärchen und züchtige Küsse, an denen auch der hünenhafte Dominikanerpater keinen Anstoß nahm, der seitlich auf Baleja zutrat und ihm eine spatengroße Hand auf die Schulter schlug. Hätte Warberg nicht gewußt, daß Baleja einen Freund erwartete, hätte er an einen Überfall geglaubt.

Balejas schmächtige Gestalt wankte, brach aber unter dem Prankenhieb nicht zusammen; er kannte die Intensität der Begrüßung und hatte rechtzeitig alle Muskeln angespannt.

Warberg, der den Autor von *Die deutsche Zunge auf Rhodos und Malta* schon halb in den Boden gerammt gesehen hatte, bekam seine ausgestreckte Hand herzlich gequetscht.

»Pleased to meet you!« dröhnte der kuttentragende Riese.

»Father George, wie angekündigt«, stellte Baleja vor. »Wir haben zusammen studiert.«

»Angenehm!« sagte Warberg – wobei sich *angenehm* bestimmt nicht auf das Händeschütteln bezog.

Er massierte vorsichtig die Finger hinter dem Rücken und erinnerte sich, daß der Dominikanerorden die meisten Großinquisitoren gestellt hatte.

»Herr von Warberg, Father George hat gestern – kurz bevor Sie anriefen – ein Dokument entdeckt, das die Richtigkeit meiner These bezüglich der verschwundenen Heitersheimer Goldsendung immens untermauert!«

»Du übertreibst, Joe! Was ich gefunden habe, ist zugegebenermaßen ein äußerst interessantes Glied in der von dir gebastelten Indizienkette, mit der du nach dem schon längst zu Staub verfallenen Hals des ehrenwerten Capitano della Verga angelst, aber ein wirklich hieb- und stichfester Beweis für seine Schuld?«

›Auch nicht mehr das, was sie waren, die Dominikaner‹, dachte Warberg. Früher hatte es gereicht, daß jemand eine unliebsame Nachbarin nächtens auf flammendem Besen durch die Lüfte reiten sah, und ruckzuck wurde der Scheiter-

183

haufen gebastelt!‹ Immerhin mußte er konstatieren, daß Father George Witz besaß.

»Urteilen Sie selbst!« sagte der Pater. Und zu Baleja: »Du hattest von einem Restaurant in der Nähe gesprochen, wo man bei einem Glas Wein in Ruhe reden kann?«

»Ich habe mir erlaubt, einen Tisch für uns im British zu bestellen«, beeilte sich Warberg zu versichern. »Sie sind natürlich meine Gäste.«

Father George strahlte über das ganze Gesicht. »Im British ist das *fenek* in Weißwein vorzüglich. Der Koch ist übrigens ein Großonkel von mir.«

Der Großonkel brachte das Essen eigenhändig an den Tisch. Fleisch, Beilagen und Salat waren reichlich bemessen. Father Georges Teller ließ sogar den Verdacht aufkommen, daß der Koch auch die individuelle Leibesfülle der Speisenden beim Portionieren bedacht hatte.

»Die de Nevas«, Father George arbeitete voller Konzentration an einem Kaninchenschenkel, »die de Nevas bewegten sich häufig in Gefilden, die nicht unbedingt mit der jeweils gültigen Rechtsauffassung harmonierten.«

Warberg unterstützte den Redefluß des Dominikaners mit einem weiteren Glas Marsovin Special Reserve.

»Sie erhielten zusammen mit drei anderen Adligen aus Mdina am 10. Februar 1573 einen Kaperbrief vom gerade neu ernannten Großmeister de la Cassière. Ihnen wurde erlaubt, ein Schiff auszurüsten und unter maltesischer Flagge in den Gewässern vor Tunis die ›Feinde der Christenheit‹ sprich: moslemische Kauffahrer – aufzubringen. Der Orden beanspruchte zehn Prozent der Preise, der Großmeister erhielt fünf.

Was machten sie? – Sie stoppten vor Pantelleria einen venezianischen Segler, fanden einen türkischen Geschäftsmann an Bord und nahmen das als Vorwand, die gesamte Ladung zu ›beschlagnahmen‹. Natürlich provozierten sie so einen diplomatischen Konflikt mit der *Regia del Mare,* der erst beigelegt werden konnte, als die – heute würden wir sagen: Reedergemeinschaft – ihre Beute, abzüglich der nicht unbeträchtlichen Handelsware des Türken, wieder zurückerstattete. Weil Venedig die Angelegenheit vor den päpstlichen Stuhl gebracht hatte, sah sich der Großmeister genötigt, zu versprechen, die Missetäter, die es gewagt hatten, das Schiff eines befreundeten, christlichen Staates anzugreifen, hart zu bestrafen. Die ›harte Bestrafung‹ sah folgendermaßen aus: Großmeister de la Cassière verlangte fortan einen Beuteanteil von zehn Prozent für sich und fünfzehn für den Orden!«

»Die Reedergemeinschaft damals hieß zufällig noch nicht MALTEXP.« Warberg bestellte eine neue Flasche.

»MALTEXP? Die in Sliema?« Father George übernahm das Einschenken.

»Ja«, sagte Baleja. »Ich habe auch eben erst in der Redaktion davon erfahren. Georgio de Neva war ein vielseitiger Geschäftsmann, zu Wasser und zu Lande.«

»Lieber Joe!« rügte der Pater. »Du sprichst in Rätseln!«

»Erklären Sie es ihm, Herr von Warberg!«

Warberg hob prüfend sein Glas, bevor er kostete. »Der Frachter, der gestern vor Pantelleria gesunken ist, gehört der MALTEXP Shipping Company, und Hauptgesellschafter des Unternehmens ist Georgio de Neva.«

»Jetzt erinnere ich mich! In der ›Times‹! Die *Paxa,* darauf spielen Sie doch wohl an, soll in irgendeine Waffenschieberei verwickelt gewesen sein? Nun – dann bedarf es kaum viel Phantasie, um die Qala-Affäre damit in Einklang zu bringen.«

»Die Polizei zumindest ermittelt in dieser Richtung«, sagte Baleja. »Am Nachmittag hat die Staatsanwaltschaft die Casa Felice durchsuchen lassen. Mit welchem Resultat, wußte man in der Redaktion noch nicht. Immerhin hat Sinjura de Neva gleich zwei Anwälte eingeschaltet . . . Einer ist Experte für internationales Handelsrecht.«

»Ob es an den Genen liegt?« Warberg tippte an die Flasche, als der Kellner vorbeikam. »Die Herren vertragen sicher noch ein Schlückchen!«

Niemand protestierte.

»Eine interessante Frage«, sagte Baleja, »die Sie da aufwerfen. In der Tat hatten die de Nevas, bis Napoleon den Ordensstaat auflöste, von jedem Großmeister Freibriefe erhalten. Eine latente kriminelle Energie der Sippe kann man über die Jahrhunderte schon konstatieren.«

»Komm, Joe! Das Argument sticht wirklich nicht! Nach der Großen Belagerung war fast jeder hier auf Malta, direkt oder indirekt, an *corsos* beteiligt. Die Staatskasse war ja geradezu auf diese Einkünfte angewiesen, seit die Reformation den Ordensbesitz in Europa von Jahr zu Jahr zu schmälern begann!«

»Sicher, George. Aber der Name de Neva taucht bezeichnenderweise ausgerechnet immer dann in Dokumenten auf, wenn, absichtlich oder versehentlich, Schiffe christlicher Nationen aufgebracht wurden!«

Marsovin Special Reserve gab es nicht mehr. Der Kellner empfahl Warberg eine Flasche Marsovin Merlot. »Wie ist der?«

Father George nickte zustimmend.

Warberg spürte bereits den Wein und beschloß, die Kopfschmerzen vom Morgen noch gut in Erinnerung, sich zu mäßigen. »Meine Herren, vielleicht sollten wir es dabei belassen, daß die jetzigen Nevas seit Paolo ihre – wie soll man sagen – maritime Tradition aufrechterhalten und nur ihr Tätigkeitsfeld den modernen Zeiten angepaßt haben.«

»Ganz recht!« sagte Baleja. »Allerdings wird es den Behörden äußerst schwerfallen zu beweisen, daß die *Paxa* tatsächlich Waffen transportiert hat. Eine Bergungsaktion wäre zu kostspielig, zumal die Ladung offiziell nur aus Stückgut und Getreide für Tunis bestand . . . Anders bei unserem Capitano della Verga! . . . Nein, George, laß mich ausreden!« Baleja lächelte das Lächeln Wissender, als er sein Glas erhob. »Gentlemen, einen Toast auf die gewissenhaften Buchhalter des Ordens vom heiligen Johannes!«

Warberg schaute den Dominikanerpater an, der schüttelte bloß den Kopf. »Joe . . .!«

Aber Baleja ließ sich nicht unterbrechen. »Ich habe mich umgehend nach deinem Anruf erkundigt, wo die Schiffsurkunden aus der Ordenszeit aufbewahrt werden. Man verwies mich an die Hafenverwaltung. Und dort«, die Augen des Doktors blitzten triumphierend, »und dort habe ich dann nach stundenlangem Herumwühlen im Archivkeller den endgültigen Beweis dafür gefunden, daß Paolo de Neva in den Besitz der Heitersheimer Goldsendung gelangt sein mußte . . . Sie erinnern sich, Herr von Warberg? Fra Hans von Bes hatte Goldmünzen im Wert von 5231 Scudi quittiert.«

Warberg nickte langsam, während Father George den Monolog seines Freundes mit verkniffenem Mund und skeptischen Blicken über sich ergehen ließ.

»Es geht aber aus der Quittung nicht hervor, *in welcher Währung* der Schatz nach Gozo transportiert wurde. Nun der Schreiber, der den Vertrag für die Mdinaer Kapergemeinschaft aufgesetzt hat, war da gewissenhafter als der Zitadellenkommandant. – Drei Wörter sind es, die den Capitano della Verga überführen:

Er hat seine Beteiligung *in Rheinischen Gulden* eingebracht – wahrlich kein gängiges Zahlungsmittel im Johanniterstaat!«

26

Das Lämpchen mit der durchkreuzten Zigarette erlosch. Warberg drückte die Stirn gegen das Glas, während sie Comino überflogen. Fischerboote im Fliegu ta Ghawdex steuerten die westlichen Makrelenbänke an; ein einzelner weißer Punkt vor Ta Cenc mochte ein Segelboot sein.

Er löste den Gurt und schaute zurück. Zu spät. Der Fensterrand verdeckte bereits die Küstenklippen. Das Gran Castello wurde sichtbar, dann die Bucht von Marsalforn. Als kurz darauf auch das Fasten-seat-belt-Zeichen ausging, war der Jet weit über dem offenen Meer.

Die Stewardeß verteilte Zeitungen. Jost bat um die englischsprachige Ausgabe der ›Malta Times‹. Ein großformatiges Foto auf der Titelseite zeigte Baronin de Neva, wie sie vor der Casa Felice eine dunkle Limousine bestieg.

In der Reihe vor ihm saß die deutsche Ordensschwester, die Baleja in Mgarr begrüßt hatte. Aus dem Gespräch mit ihrem Sitznachbarn schloß er, daß sie an einem Gymnasium unterrichtete, wo die Lehrer zunehmend mit Drogen- und Gewaltproblemen konfrontiert wurden. »Wenn ich daran denke, was mich in Berlin erwartet, erscheint mir Malta schon jetzt wie ein seltener Rest heile Welt.«

Warberg war versucht, ihr die Zeitung zu geben.

Warme Luftmassen aus der Sahara, die dem Sturmtief gefolgt waren, hatten sommerliche Temperaturen zurückgebracht. Die Urlauber – nicht die Einheimischen – vertauschten Regen- gegen Badekleidung und fanden schnell den Glauben an die vierfarbig gedruckten Reiseprospekte wieder, die sie mit dem Versprechen von »Badeurlaub zu Weihnachten« nach Malta gelockt hatten.

Auf dem Katamaran, der vor der Schlickhöhle ankerte, war

ein zeltdachähnliches Sonnensegel über die Verbindungs-
plattform der Bootsrümpfe gespannt worden.

Rita schob die letzte der Stahlkassetten in den Stauraum
und verriegelte die Luke. »Willst du gleich hier hoch?«

»Zu unbequem.« Harry unterschwamm den Ausleger und
tauchte dann als zünftiger Unterwassersportler, mit Harpune
und Kamera versehen, in einiger Entfernung vom Boot auf.
Rita klappte die Aluminiumleiter aus und nahm die Harpune
entgegen. Harry löste ein Nylonnetz vom Gürtel und warf es
ihr zu. Sie fing das klirrende Bündel mit beiden Händen. »Der
Rest?«

Harry schnallte die Flasche ab. »Nein. Der Sturm hat ungeheuer viel Sand in die Höhle gedrückt. Ich hätte den Boden
durchsieben müssen. Außerdem ist mir der Sauerstoff knapp
geworden, weil ich Tonis Nische noch richtig verbarrikadieren
wollte.«

Von einem der vorbeituckernden Fischerboote wurde ihnen
etwas zugerufen.

»Man scheint sich für uns zu interessieren.«

»Wohl eher für mich!« Rita streifte ein grellrotes T-Shirt
über das fleischfarbene Oberteil ihres Bikinis.

Eine zweistrahlige Verkehrsmaschine zog im Steigflug einen zarten Kondenzstreifen über den Fliegu.

Harry schaute dem Flugzeug nach. »Bin gespannt, ob er
sich mal wieder bei uns meldet.«

»Wenn das Telegramm keine verschlüsselte Warnung war,
schleunigst das Weite zu suchen, bestimmt – schließlich hat er
ja ein paar gute Tage auf Gozo verlebt.«

Harry grinste. »Von den Nächten ganz zu schweigen!«

»Er war – wie sagt man doch gleich? – er war durchaus
nicht von schlechten Eltern«, sagte Rita.

Malteser, die eine politische Bindung an Italien dem Status einer britischen Kronkolonie vorzogen, hat es gegeben.

Eine Bewegung des Anschlusses auf Malta oder Gozo, die nach Mussolinis Kriegserklärung Sabotageakte zur Vorbereitung einer Invasion der Achsenmächte ausführte, hat nie existiert.

J. E., Nadur, Gozo im Dezember 1992

Marathon der Mördermacher

Ob Wasserleichen in der Spree, Kidnapping in Zehlendorf oder Zuhältermord am Oranienburger Tor – in Berlin ist alles erlaubt. Zumindest für die Crème der deutschsprachigen Krimiautoren, die sich mit ihren blutigen und bösen Berliner Banditengeschichten auf der 12. Criminale und in dieser einzigartigen Anthologie versammeln. Von A(lberts) über -ky bis Z(eindler).

Karl-Michael Stöppler (Hrsg.)
Der Bär schießt los
Criminale-Geschichten aus der Hauptstadt
Originalausgabe
240 Seiten
Ullstein TB 24380

Ullstein Taschenbuch

Jürgen Ebertowski im Ullstein Taschenbuchverlag

Jürgen Ebertowski
Kelim-Connection
Krimi
200 Seiten
Ullstein TB 24374

Berlin Oranienplatz
Krimi
192 Seiten
Ullstein TB 24260

Esbeck und Mondrian
Krimi
224 Seiten
Ullstein TB 24104

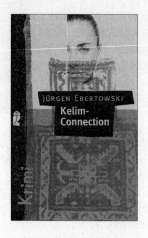

Ullstein Taschenbuch